16	3	2	13
5	10	11	8
9	6	7	12
4	15	14	1

Eurípides

HIPÓLITO

Edição bilíngue
Tradução, posfácio e notas de Trajano Vieira
Ensaio de Bernard Knox

editora 34

EDITORA 34

Editora 34 Ltda.
Rua Hungria, 592 Jardim Europa CEP 01455-000
São Paulo - SP Brasil Tel/Fax (11) 3811-6777 www.editora34.com.br

Copyright © Editora 34 Ltda., 2015
Tradução, posfácio e notas © Trajano Vieira, 2015
Bernard Knox, "The *Hippolytus* of Euripides",
Yale Classical Studies, vol. 13, 1952, pp. 3-31
© Yale University Press, 1952, traduzido com permissão

A FOTOCÓPIA DE QUALQUER FOLHA DESTE LIVRO É ILEGAL E CONFIGURA UMA
APROPRIAÇÃO INDEVIDA DOS DIREITOS INTELECTUAIS E PATRIMONIAIS DO AUTOR.

Título original:
Ἱππόλυτος

Capa, projeto gráfico e editoração eletrônica:
Bracher & Malta Produção Gráfica

Revisão:
Cide Piquet

1ª Edição - 2015 (2ª Reimpressão - 2024)

CIP - Brasil. Catalogação-na-Fonte
(Sindicato Nacional dos Editores de Livros, RJ, Brasil)

Eurípides, *c.* 480-406 a.C.
E664h   Hipólito / Eurípides; edição bilíngue;
tradução, posfácio e notas de Trajano Vieira;
ensaio de Bernard Knox — São Paulo:
Editora 34, 2015 (1ª Edição).
208 p.

ISBN 978-85-7326-606-1

Texto bilíngue, português e grego

1. Teatro grego (Tragédia). I. Vieira,
Trajano. II. Knox, Bernard, 1914-2010.
III. Título.

CDD - 882

HIPÓLITO

Argumento	7
Τὰ τοῦ δράματος πρόσωπα	8
Personagens do drama	9
Ἱππόλυτος	10
Hipólito	11
Posfácio do tradutor	145
Métrica e critérios de tradução	157
Sobre o autor	158
Sugestões bibliográficas	160
Excertos da crítica	161
"O *Hipólito* de Eurípides", Bernard Knox	167
Sobre o tradutor	207

Argumento

A tragédia se passa em Trezena, cidade costeira próxima a Atenas, onde Teseu cumpre exílio de um ano por ter matado os Palântidas, sobrinhos do rei Egeu e pretendentes ao trono ateniense. Em Trezena vivia também o filho ilegítimo de Teseu, Hipólito, fruto de sua união com a amazona Antíope (ou Hipólita, segundo outra versão do mito). O jovem Hipólito cultuava a castidade e a deusa da caça Ártemis, desdenhando Afrodite, deusa do amor. Esta, com o intuito de se vingar dele, monta uma trama enfeitiçando Fedra, a esposa de Teseu. A peça tem início com o monólogo em que Afrodite expõe seus planos.

Τὰ τοῦ δράματος πρόσωπα

ΑΦΡΟΔΙΤΗ
ΙΠΠΟΛΥΤΟΣ
ΘΕΡΑΠΟΝΤΕΣ
ΧΟΡΟΣ
ΤΡΟΦΟΣ
ΦΑΙΔΡΑ
ΘΗΣΕΥΣ
ΑΓΓΕΛΟΣ
ΑΡΤΕΜΙΣ

Personagens do drama

AFRODITE, deusa do amor
HIPÓLITO, filho de Teseu com a amazona Antíope
SERVOS de Hipólito (coro secundário)
CORO de mulheres de Trezena
NUTRIZ
FEDRA, esposa de Teseu
TESEU, herdeiro do trono de Atenas exilado em Trezena
MENSAGEIRO
ÁRTEMIS, deusa da caça

Ἱππόλυτος*

ΑΦΡΟΔΙΤΗ

Πολλὴ μὲν ἐν βροτοῖσι κοὺκ ἀνώνυμος
θεὰ κέκλημαι Κύπρις οὐρανοῦ τ' ἔσω·
ὅσοι τε Πόντου τερμόνων τ' Ἀτλαντικῶν
ναίουσιν εἴσω, φῶς ὁρῶντες ἡλίου,
τοὺς μὲν σέβοντας τἀμὰ πρεσβεύω κράτη,　　　5
σφάλλω δ' ὅσοι φρονοῦσιν εἰς ἡμᾶς μέγα.
ἔνεστι γὰρ δὴ κἀν θεῶν γένει τόδε·
τιμώμενοι χαίρουσιν ἀνθρώπων ὕπο.
δείξω δὲ μύθων τῶνδ' ἀλήθειαν τάχα.
ὁ γάρ με Θησέως παῖς, Ἀμαζόνος τόκος,　　　10
Ἱππόλυτος, ἁγνοῦ Πιτθέως παιδεύματα,
μόνος πολιτῶν τῆσδε γῆς Τροζηνίας
λέγει κακίστην δαιμόνων πεφυκέναι·
ἀναίνεται δὲ λέκτρα κοὐ ψαύει γάμων,
Φοίβου δ' ἀδελφὴν Ἄρτεμιν, Διὸς κόρην,　　　15
τιμᾶι, μεγίστην δαιμόνων ἡγούμενος,

---

* Texto grego estabelecido a partir de *Euripides Fabulae*, vol. I, organização, prefácio e notas de James Diggle, Oxford, Clarendon Press/ Oxford Classical Texts, 1984. Em algumas poucas passagens, adotou-se a lição de David Kovacs, *Euripides: Children of Heracles, Hippolytus, Andromache, Hecuba*, Loeb Classical Library, Cambridge/Londres, Harvard University Press, 2005.

Hipólito

[Afrodite surge acima do palco]

AFRODITE
Magna entre humanos e jamais anônima
no céu urânio, chamam-me de Cípris.
Morador além-mar, nas fímbrias de Atlas,
quantos avistem o esplendor solar,
favoreço o piedoso a mim solícito, 5
mas aniquilo quem no pensamento
me desdenhe: também apraz ao deus
o dom que o homem lhe destine. Em breve
demonstrarei que falo o que é verdade.
Estirpe de Teseu e da Amazona, 10
Hipólito, pupilo de Piteu,[1]
tão-só, na cidadela de Trezena,
alardeia que sou a pior das deusas;
renega o leito, renuncia às núpcias,
venera Ártemis, irmã de Apolo, 15
primaz a seu olhar entre os eternos.

---

[1] Filho de Pélops, avô de Teseu, antigo rei de Trezena. (N. do T.)

χλωρὰν δ' ἀν' ὕλην παρθένωι ξυνὼν ἀεὶ
κυσὶν ταχείαις θῆρας ἐξαιρεῖ χθονός,
μείζω βροτείας προσπεσὼν ὁμιλίας.
τούτοισι μέν νυν οὐ φθονῶ· τί γάρ με δεῖ; 20
ἃ δ' εἰς ἔμ' ἡμάρτηκε τιμωρήσομαι
Ἱππόλυτον ἐν τῆιδ' ἡμέραι· τὰ πολλὰ δὲ
πάλαι προκόψασ', οὐ πόνου πολλοῦ με δεῖ.
ἐλθόντα γάρ νιν Πιτθέως ποτ' ἐκ δόμων
σεμνῶν ἐς ὄψιν καὶ τέλη μυστηρίων 25
Πανδίονος γῆν πατρὸς εὐγενὴς δάμαρ
ἰδοῦσα Φαίδρα καρδίαν κατέσχετο
ἔρωτι δεινῶι τοῖς ἐμοῖς βουλεύμασιν.
καὶ πρὶν μὲν ἐλθεῖν τήνδε γῆν Τροζηνίαν,
πέτραν παρ' αὐτὴν Παλλάδος, κατόψιον 30
γῆς τῆσδε, ναὸν Κύπριδος ἐγκαθείσατο,
ἐρῶσ' ἔρωτ' ἔκδημον, Ἱππολύτωι δ' ἔπι
τὸ λοιπὸν ὀνομάσουσιν ἱδρῦσθαι θεάν.
ἐπεὶ δὲ Θησεὺς Κεκροπίαν λείπει χθόνα
μίασμα φεύγων αἵματος Παλλαντιδῶν 35
καὶ τήνδε σὺν δάμαρτι ναυστολεῖ χθόνα
ἐνιαυσίαν ἔκδημον αἰνέσας φυγήν,
ἐνταῦθα δὴ στένουσα κἀκπεπληγμένη
κέντροις ἔρωτος ἡ τάλαιν' ἀπόλλυται
σιγῆι, ξύνοιδε δ' οὔτις οἰκετῶν νόσον. 40
ἀλλ' οὔτι ταύτηι τόνδ' ἔρωτα χρὴ πεσεῖν,
δείξω δὲ Θησεῖ πρᾶγμα κἀκφανήσεται.

No jângal verde-cloro com a virgem,
perros fatais atiça contra feras,
convívio demasiado ao ser mortal.
Vazia de invídia (por que o sentiria?), 20
a *hamartia* de Hipólito, seu erro,
motiva-me a vingar do jovem hoje.
A faina é pouca, após ter-me empenhado.
Provindo da morada de Piteu,
onde fora mirar mistérios sacros 25
nas glebas de Pandíon,[2] a nobre Fedra,
consorte de seu pai, o vê, e o amor
amaro doma a dama — assim eu quis.
E antes de vir à terra de Trezena,
margeando a pétrea Palas, perceptível 30
a quem olhasse, ergueu um templo a Cípris,
amando o amor ausente. E o edifício
recebe a denominação de Hipólito.
País cecrópio[3] para trás, Teseu,
fugindo ao miasma do cruor palântida,[4] 35
êxule por um ano resignado,
navega para cá, ladeando-o a cônjuge.
Eros a flecha, e suspirando triste,
agônica a infeliz definha muda
da doença ignorada pelos seus. 40
Mas a paixão não há de terminar
assim. Inteirarei Teseu do caso.

---

[2] Referência a Atenas, onde Pandíon fora rei. (N. do T.)

[3] Alusão a Atenas, outrora governada por Cécrops. (N. do T.)

[4] Teseu assassina os primos Palântidas. Como punição, é banido de Atenas por um ano. (N. do T.)

καὶ τὸν μὲν ἡμῖν πολέμιον νεανίαν
κτενεῖ πατὴρ ἀραῖσιν ἃς ὁ πόντιος
ἄναξ Ποσειδῶν ὤπασεν Θησεῖ γέρας, 45
μηδὲν μάταιον ἐς τρὶς εὔξασθαι θεῶι·
ἡ δ' εὐκλεὴς μὲν ἀλλ' ὅμως ἀπόλλυται
Φαίδρα· τὸ γὰρ τῆσδ' οὐ προτιμήσω κακὸν
τὸ μὴ οὐ παρασχεῖν τοὺς ἐμοὺς ἐχθροὺς ἐμοὶ
δίκην τοσαύτην ὥστε μοι καλῶς ἔχειν. 50
ἀλλ' εἰσορῶ γὰρ τόνδε παῖδα Θησέως
στείχοντα, θήρας μόχθον ἐκλελοιπότα,
Ἱππόλυτον, ἔξω τῶνδε βήσομαι τόπων.
πολὺς δ' ἄμ' αὐτῶι προσπόλων ὀπισθόπους
κῶμος λέλακεν, Ἄρτεμιν τιμῶν θεὰν 55
ὕμνοισιν· οὐ γὰρ οἶδ' ἀνεωιγμένας πύλας
Ἅιδου, φάος δὲ λοίσθιον βλέπων τόδε.

ΙΠΠΟΛΥΤΟΣ
ἕπεσθ' ἄιδοντες ἕπεσθε
τὰν Διὸς οὐρανίαν
Ἄρτεμιν, ἇι μελόμεσθα. 60

ΙΠΠΟΛΥΤΟΣ ΚΑΙ ΘΕΡΑΠΟΝΤΕΣ
πότνια πότνια σεμνοτάτα,
Ζηνὸς γένεθλον,
χαῖρε χαῖρέ μοι, ὦ κόρα
Λατοῦς Ἄρτεμι καὶ Διός, 65

14

Ao moço em guerra contra mim, o pai
fulmina com a praga que Posêidon,
senhor do mar, deu a Teseu, fazendo-se 45
cumprir seus três pedidos. Fedra nobre
não viverá, pois não renunciarei,
para poupá-la, a impor ao inimigo
meu punição à altura do que julgue
satisfatório. Posso ver que Hipólito, 50
o filho de Teseu, já se aproxima.
A estafa da caçada chega ao fim.
Não permanecerei neste lugar.
Inúmeros acólitos festivos
no séquito, em hinos, honram Ártemis. 55
Desconhece que o pórtico do Hades
se entreabre e a luz que avista já declina.

[Afrodite sai de cena. Chega Hipólito com um coro de servos][5]

HIPÓLITO
Segui-me, celebrai comigo
Ártemis, prole urânia do Cronida,
a nós sempre solícita! 60

[Voltam-se à estátua de Ártemis]

HIPÓLITO E CORO DE SERVOS
Sublime, ímpar na pureza, augusta,
estirpe de Zeus,
eu te saúdo, filha de Zeus e Leto,
Ártemis, 65

---

[5] Diferentemente da maioria das tragédias, este drama de Eurípides apresenta dois coros: o dos servos que acompanham Hipólito e o principal, composto de mulheres de Trezena. (N. do T.)

καλλίστα πολὺ παρθένων,
ἃ μέγαν κατ' οὐρανὸν
ναίεις εὐπατέρειαν αὐ-
λάν, Ζηνὸς πολύχρυσον οἶκον.
χαῖρέ μοι, ὦ καλλίστα 70
καλλίστα τῶν κατ' Ὄλυμπον.

ΙΠΠΟΛΥΤΟΣ

σοὶ τόνδε πλεκτὸν στέφανον ἐξ ἀκηράτου
λειμῶνος, ὦ δέσποινα, κοσμήσας φέρω,
ἔνθ' οὔτε ποιμὴν ἀξιοῖ φέρβειν βοτὰ 75
οὔτ' ἦλθέ πω σίδηρος, ἀλλ' ἀκήρατον
μέλισσα λειμῶν' ἠρινὴ διέρχεται,
Αἰδὼς δὲ ποταμίαισι κηπεύει δρόσοις,
ὅσοις διδακτὸν μηδὲν ἀλλ' ἐν τῆι φύσει
τὸ σωφρονεῖν εἴληχεν ἐς τὰ πάντ' ἀεί, 80
τούτοις δρέπεσθαι, τοῖς κακοῖσι δ' οὐ θέμις.
ἀλλ', ὦ φίλη δέσποινα, χρυσέας κόμης
ἀνάδημα δέξαι χειρὸς εὐσεβοῦς ἄπο.
μόνωι γάρ ἐστι τοῦτ' ἐμοὶ γέρας βροτῶν·
σοὶ καὶ ξύνειμι καὶ λόγοις ἀμείβομαι, 85
κλύων μὲν αὐδῆς, ὄμμα δ' οὐχ ὁρῶν τὸ σόν.
τέλος δὲ κάμψαιμ' ὥσπερ ἠρξάμην βίου.

ΘΕΡΑΠΩΝ

ἄναξ, θεοὺς γὰρ δεσπότας καλεῖν χρεών,
ἆρ' ἄν τί μου δέξαιο βουλεύσαντος εὖ;

ΙΠΠΟΛΥΤΟΣ

καὶ κάρτα γ'· ἦ γὰρ οὐ σοφοὶ φαινοίμεθ' ἄν. 90

virgem de igual beleza não há
na vastidão urânia
que habite o lar do ancestre ínclito,
solar plenidourado de Zeus!
Salve, bela, belíssima 70
no círculo olímpico!

HIPÓLITO
Do prado imaculado, eis a grinalda,
senhora, que entramei eu mesmo! Foice
não o ceifou, deserto de pastor 75
tocando a própria grei. Somente a abelha
volteia a leiva na estação das flores.
O Recato a roreja com o aljôfar
do regato. Da lucidez em tudo
sempre quem participa por natura, 80
não por estudo, colhe. Tolhe o mau.
Depõe, senhora, no ouro das melenas,
a guirlanda que oferta a mão devota.
A mim o prêmio se restringe: falo
contigo, num convívio exclusivo. 85
De feições invisíveis, me és audível.
Que a vida finde igual a seu princípio.

SERVO
Rei — só aos deuses designamos déspotas —,
acaso aceitas um conselho alvíssaro?

HIPÓLITO
Não o aceitasse, não seria sábio. 90

ΘΕΡΑΠΩΝ
οἶσθ' οὖν βροτοῖσιν ὃς καθέστηκεν νόμος;

ΙΠΠΟΛΥΤΟΣ
οὐκ οἶδα· τοῦ δὲ καί μ' ἀνιστορεῖς πέρι;

ΘΕΡΑΠΩΝ
μισεῖν τὸ σεμνὸν καὶ τὸ μὴ πᾶσιν φίλον.

ΙΠΠΟΛΥΤΟΣ
ὀρθῶς γε· τίς δ' οὐ σεμνὸς ἀχθεινὸς βροτῶν;

ΘΕΡΑΠΩΝ
ἐν δ' εὐπροσηγόροισίν ἐστί τις χάρις;   95

ΙΠΠΟΛΥΤΟΣ
πλείστη γε, καὶ κέρδος γε σὺν μόχθωι βραχεῖ.

ΘΕΡΑΠΩΝ
ἦ κἂν θεοῖσι ταὐτὸν ἐλπίζεις τόδε;

ΙΠΠΟΛΥΤΟΣ
εἴπερ γε θνητοὶ θεῶν νόμοισι χρώμεθα.

ΘΕΡΑΠΩΝ
πῶς οὖν σὺ σεμνὴν δαίμον' οὐ προσεννέπεις;

ΙΠΠΟΛΥΤΟΣ
τίν'; εὐλαβοῦ δὲ μή τί σου σφαλῆι στόμα.   100

ΘΕΡΑΠΩΝ
τήνδ' ἣ πύλαισι σαῖς ἐφέστηκεν Κύπρις.

SERVO
Sabes da lei que impera entre os humanos?

HIPÓLITO
Não sei dizer. Me indagas sobre o quê?

SERVO
Ódio à soberba e ao que a gente odeie.

HIPÓLITO
Concordo que soberbos são acerbos.

SERVO
E o charme não é um traço dos afáveis? 95

HIPÓLITO
E como! E traz proveito sem esforço.

SERVO
O mesmo não se dá entre os divinos?

HIPÓLITO
Sim, que homens herdam normas numinosas.

SERVO
Por que não invocar a deia augusta?

HIPÓLITO
Qual? Evita o deslize de tua língua... 100

SERVO
Quem se posta em teus pórticos; eis: Cípris.

ΙΠΠΟΛΥΤΟΣ
πρόσωθεν αὐτὴν ἁγνὸς ὢν ἀσπάζομαι.

ΘΕΡΑΠΩΝ
σεμνή γε μέντοι κἀπίσημος ἐν βροτοῖς.

ΙΠΠΟΛΥΤΟΣ
ἄλλοισιν ἄλλος θεῶν τε κἀνθρώπων μέλει.

ΘΕΡΑΠΩΝ
εὐδαιμονοίης, νοῦν ἔχων ὅσον σε δεῖ. 105

ΙΠΠΟΛΥΤΟΣ
οὐδείς μ' ἀρέσκει νυκτὶ θαυμαστὸς θεῶν.

ΘΕΡΑΠΩΝ
τιμαῖσιν, ὦ παῖ, δαιμόνων χρῆσθαι χρεών.

ΙΠΠΟΛΥΤΟΣ
χωρεῖτ', ὀπαδοί, καὶ παρελθόντες δόμους
σίτων μέλεσθε· τερπνὸν ἐκ κυναγίας
τράπεζα πλήρης· καὶ καταψήχειν χρεὼν 110
ἵππους, ὅπως ἂν ἅρμασι ζεύξας ὕπο
βορᾶς κορεσθεὶς γυμνάσω τὰ πρόσφορα.
τὴν σὴν δὲ Κύπριν πόλλ' ἐγὼ χαίρειν λέγω.

ΘΕΡΑΠΩΝ
ἡμεῖς δέ, τοὺς νέους γὰρ οὐ μιμητέον
φρονοῦντας οὕτως, ὡς πρέπει δούλοις λέγειν 115
προσευξόμεσθα τοῖσι σοῖς ἀγάλμασιν,

20

HIPÓLITO

Imáculo, é de longe que a saúdo.

SERVO

Mas não há quem não idolatre a ilustre.

HIPÓLITO

Deuses e humanos optem como queiram.

SERVO

A sina te sorri, cedendo ao siso. 105

HIPÓLITO

Não amo o deus que à noite estarrece.

SERVO

Não se deve furtar a honrar os numes.

HIPÓLITO

Cuidai, amigos, no interior do paço
do repasto. Apraz ao fim da caça
a abundância na távola! Lustrai 110
os palafréns. Saciada a fome, sub
ajoujados ao coche, os exercito.
À tua Cípris, deixo um grande adeus.

    [Hipólito entra no palácio.
    Um servo dirige-se à estátua de Afrodite]

SERVO

Nós (evitemos imitar os jovens
pensando assim), às tuas estátuas, Cípris, 115
oramos, apanágio dos escravos.

δέσποινα Κύπρι· χρὴ δὲ συγγνώμην ἔχειν.
εἴ τίς σ' ὑφ' ἥβης σπλάγχνον ἔντονον φέρων
μάταια βάζει, μὴ δόκει τούτου κλύειν·
σοφωτέρους γὰρ χρὴ βροτῶν εἶναι θεούς. 120

ΧΟΡΟΣ
Ὠκεανοῦ τις ὕδωρ στάζουσα πέτρα λέγεται,
βαπτὰν κάλπισι πα-
γὰν ῥυτὰν προιεῖσα κρημνῶν.
τόθι μοί τις ἦν φίλα 125
πορφύρεα φάρεα
ποταμίαι δρόσωι
τέγγουσα, θερμᾶς δ' ἐπὶ νῶτα πέτρας
εὐαλίου κατέβαλλ'· ὅθεν μοι
πρῶτα φάτις ἦλθε δεσποίνας, 130

τειρομέναν νοσερᾶι κοίται δέμας ἐντὸς ἔχειν
οἴκων, λεπτὰ δὲ φά-
ρη ξανθὰν κεφαλὰν σκιάζειν·
τριτάταν δέ νιν κλύω 135
τάνδ' ἀβρωσίαι
στόματος ἁμέραν
Δάματρος ἀκτᾶς δέμας ἁγνὸν ἴσχειν,
κρυπτῶι πάθει θανάτου θέλουσαν
κέλσαι ποτὶ τέρμα δύστανον. 140

†σὺ γὰρ† ἔνθεος, ὦ κούρα,
εἴτ' ἐκ Πανὸς εἴθ' Ἑκάτας

É necessário ser compreensivo.
Se o moço inflama o peito e pronuncia
barbaridades, faze ouvidos moucos:
impõe-se ao deus saber mais que o mortal. 120

[O servo entra no paço.
Aproxima-se o coro de mulheres de Trezena]

CORO
Dizem haver rochedo que derrama água
do oceano. No jorro dos declives
mergulham cântaros.
Foi onde uma amiga 125
umedecia no espelho do rocio
as vestes púrpuras
e sobre o dorso pétreo onde o sol incide
as estendia.
Dela chegou-me a nova sobre a dama: 130

véus translúcidos toldam-lhe as tranças louras
nos recessos do lar,
abatida no leito enfermo.
É o terceiro dia, vim a saber, 135
em que sua boca jejua do trigo de Deméter;
perdura o corpo puro.
Um revés obscuro
impele seu desejo
às lonjuras sofrentes de Tânatos. 140

Hécate, Pã, veneráveis Coribantes,
qual deles a possui em seu delírio?

ἢ σεμνῶν Κορυβάντων
φοιτᾷς ἢ ματρὸς ὀρείας;
†σὺ δ'† ἀμφὶ τὰν πολύθη-   145
ρον Δίκτυνναν ἀμπλακίαις
ἀνίερος ἀθύτων πελανῶν τρύχῃ;
φοιτᾷ γὰρ καὶ διὰ Λί-
μνας χέρσον θ' ὕπερ πελάγους
δίναις ἐν νοτίαις ἅλμας.   150

ἢ πόσιν, τὸν Ἐρεχθειδᾶν
ἀρχαγόν, τὸν εὐπατρίδαν,
ποιμαίνει τις ἐν οἴκοις
κρυπτᾷ κοίτᾳ λεχέων σῶν;
ἢ ναυβάτας τις ἔπλευ-   155
σεν Κρήτας ἔξορμος ἀνὴρ
λιμένα τὸν εὐξεινότατον ναύταις
φήμαν πέμπων βασιλεί-
ᾳ, λύπαι δ' ὑπὲρ παθέων
εὐναία δέδεται ψυχά;   160

ἐπῳδ. φιλεῖ δὲ τᾷ δυστρόπῳ γυναικῶν
ἁρμονίᾳ κακὰ
δύστανος ἀμηχανία συνοικεῖν
ὠδίνων τε καὶ ἀφροσύνας.
δι' ἐμᾶς ᾖξέν ποτε νηδύος ἅδ'   165
αὔρα· τὰν δ' εὔλοχον οὐρανίαν

Ou a mater dos montes?⁶
Ou definhas por ofensa a Dictina,⁷
senhora-das-feras,   145
vazia de regalos votivos,
incansável no périplo laguna adentro,
em terra firme,
pélago acima,
no vórtice do mar salino?   150

Ou teu consorte, líder erectida,
alguém o apascenta no palácio,
coito oculto
ao leito que te pertence?
Ou nauta singra desde Creta,   155
bordeja nosso porto afabilíssimo
com alienígenas,
núncio de rumor à rainha
que sofre a agonia do luto,
ânima retida à cama?   160

Ama conviver com a têmpera
sem norte feminina
a triste incógnita
da desrazão e dor do parto.
Sopro assim fulminou-me o ventre,   165
quando evoquei Ártemis sagitária,

---

⁶ Mater dos montes: referência a Cibele, cujos ministros, os Coribantes, instigavam os praticantes do culto ao delírio. (N. do T.)

⁷ Dictina: deusa cretense correlata a Ártemis. (N. do T.)

τόξων μεδέουσαν αὔτευν
Ἄρτεμιν, καί μοι πολυζήλωτος αἰεὶ
σὺν θεοῖσι φοιτᾶι.

ἀλλ' ἥδε τροφὸς γεραιὰ πρὸ θυρῶν 170
τήνδε κομίζουσ' ἔξω μελάθρων.
στυγνὸν δ' ὀφρύων νέφος αὐξάνεται·
τί ποτ' ἐστὶ μαθεῖν ἔραται ψυχή,
τί δεδήληται
δέμας ἀλλόχροον βασιλείας. 175

ΤΡΟΦΟΣ
ὦ κακὰ θνητῶν στυγεραί τε νόσοι·
τί σ' ἐγὼ δράσω, τί δὲ μὴ δράσω;
τόδε σοι φέγγος, λαμπρὸς ὅδ' αἰθήρ,
ἔξω δὲ δόμων ἤδη νοσερᾶς
δέμνια κοίτης. 180
δεῦρο γὰρ ἐλθεῖν πᾶν ἔπος ἦν σοι,
τάχα δ' ἐς θαλάμους σπεύσεις τὸ πάλιν.
ταχὺ γὰρ σφάλληι κοὐδενὶ χαίρεις,
οὐδέ σ' ἀρέσκει τὸ παρόν, τὸ δ' ἀπὸν
φίλτερον ἡγῆι. 185
κρεῖσσον δὲ νοσεῖν ἢ θεραπεύειν·
τὸ μέν ἐστιν ἁπλοῦν, τῶι δὲ συνάπτει
λύπη τε φρενῶν χερσίν τε πόνος.
πᾶς δ' ὀδυνηρὸς βίος ἀνθρώπων
κοὐκ ἔστι πόνων ἀνάπαυσις. 190
ἀλλ' ὅτι τοῦ ζῆν φίλτερον ἄλλο
σκότος ἀμπίσχων κρύπτει νεφέλαις.
δυσέρωτες δὴ φαινόμεθ' ὄντες

propícia parturiente celestial.
Plurivenerada,
visita-me amiúde, com anuência divina.

Desponta nos umbrais a ama idosa, 170
ladeando a dama porta afora.
A ânima que em mim habita quer saber
o que se passa,
por que o corpo da rainha pálido
periclita. 175

> *[Fedra sai do palácio, apoiada na nutriz,*
> *que se dirige à sua senhora]*

NUTRIZ
Enfermidade estígia, dor humana!
O que farei contigo? Algo ou nada?
Vês o fulgor, o céu como cintila?
Fora da casa, o leito em que repousas
combalida. 180
A nuvem turva tolda tua fronte.
Tanto insistias em estar aqui,
mas não demoras a exigir o quarto.
Nunca ris, posso pressentir que hesitas,
o presente amargura e só enalteces
o que não podes ver. 185
Prefiro adoecer a dar ajuda,
pois o primeiro estado é simples; pesa
no braço, dói no âmago o auxílio.
A vida é uma sucessão de mágoas,
sem refrigério ao que é deletério, 190
mas se algo há melhor do que existir,
o breu da nuvem sequestrando oculta-o.

τοῦδ' ὅτι τοῦτο στίλβει κατὰ γῆν
δι' ἀπειροσύνην ἄλλου βιότου 195
κοὐκ ἀπόδειξιν τῶν ὑπὸ γαίας,
μύθοις δ' ἄλλως φερόμεσθα.

ΦΑΙΔΡΑ

αἴρετέ μου δέμας, ὀρθοῦτε κάρα·
λέλυμαι μελέων σύνδεσμα φίλων.
λάβετ' εὐπήχεις χεῖρας, πρόπολοι. 200
βαρύ μοι κεφαλῆς ἐπίκρανον ἔχειν·
ἄφελ', ἀμπέτασον βόστρυχον ὤμοις.

ΤΡΟΦΟΣ

θάρσει, τέκνον, καὶ μὴ χαλεπῶς
μετάβαλλε δέμας·
ῥᾶιον δὲ νόσον μετά θ' ἡσυχίας 205
καὶ γενναίου λήματος οἴσεις.
μοχθεῖν δὲ βροτοῖσιν ἀνάγκη.

ΦΑΙΔΡΑ

αἰαῖ·
πῶς ἂν δροσερᾶς ἀπὸ κρηνῖδος
καθαρῶν ὑδάτων πῶμ' ἀρυσαίμαν,
ὑπό τ' αἰγείροις ἔν τε κομήτηι 210
λειμῶνι κλιθεῖσ' ἀναπαυσαίμαν;

ΤΡΟΦΟΣ

ὦ παῖ, τί θροεῖς;
οὐ μὴ παρ' ὄχλωι τάδε γηρύσηι,
μανίας ἔποχον ῥίπτουσα λόγον;

Insanos de erotismo revelamos
ser pelo que rebrilha terra acima,
por não sabermos da existência de outra 195
vida ou sinal do que se passa no ínfero:
o que nos move é o mito inócuo.

FEDRA

Aprumai-me a cabeça, erguei meu corpo;
as articulações, as sinto frouxas.
Ancilas, segurai-me as mãos delgadas. 200
O adorno me comprime a testa. Tira-o
e solta a cabeleira em torno aos ombros.

NUTRIZ

Menina, ânimo! Não movimentes
o corpo bruscamente.
Suportarás melhor a enfermidade 205
mantendo a calma e a fibra dos bem-natos.
O sofrimento é intrínseco aos mortais.

FEDRA

Ai!
Como da fontana gorgolante
poderia sorver o fio translúcido
e sob o álamo da gleba espessa 210
repousaria reclinada?

NUTRIZ

Teu grito, o que ele diz, menina?
Evita que ouça a turbamulta
palavras que a insânia encilha!

ΦΑΙΔΡΑ

πέμπετέ μ' εἰς ὄρος· εἶμι πρὸς ὕλαν 215
καὶ παρὰ πεύκας, ἵνα θηροφόνοι
στείβουσι κύνες
βαλιαῖς ἐλάφοις ἐγχριμπτόμεναι.
πρὸς θεῶν· ἔραμαι κυσὶ θωύξαι
καὶ παρὰ χαίταν ξανθὰν ῥῖψαι 220
Θεσσαλὸν ὄρπακ', ἐπίλογχον ἔχουσ'
ἐν χειρὶ βέλος.

ΤΡΟΦΟΣ

τί ποτ', ὦ τέκνον, τάδε κηραίνεις;
τί κυνηγεσίων καὶ σοὶ μελέτη;
τί δὲ κρηναίων νασμῶν ἔρασαι; 225
πάρα γὰρ δροσερὰ πύργοις συνεχὴς
κλειτύς, ὅθεν σοι πῶμα γένοιτ' ἄν.

ΦΑΙΔΡΑ

δέσποιν' ἁλίας Ἄρτεμι Λίμνας
καὶ γυμνασίων τῶν ἱπποκρότων,
εἴθε γενοίμαν ἐν σοῖς δαπέδοις 230
πώλους Ἐνετὰς δαμαλιζομένα.

ΤΡΟΦΟΣ

τί τόδ' αὖ παράφρων ἔρριψας ἔπος;
νῦν δὴ μὲν ὄρος βᾶσ' ἐπὶ θήρας
πόθον ἐστέλλου, νῦν δ' αὖ ψαμάθοις
ἐπ' ἀκυμάντοις πώλων ἔρασαι. 235
τάδε μαντείας ἄξια πολλῆς,
ὅστις σε θεῶν ἀνασειράζει
καὶ παρακόπτει φρένας, ὦ παῖ.

FEDRA

Conduzi-me à montanha, busco o bosque
margeando os pinheiros, onde surdem
cadelas carniceiras
encurralando corças mosqueadas.
Numes! Atiço cães — é o que desejo! —
e, suspendendo rente às tranças loiras
venábulo tessálio,
das mãos disparo, agudo, o dardo.

NUTRIZ

Por que empenhar o coração no assunto?
Por que cogitas de ir com cães à caça?
Por que o anseio d'água da fontana?
Junto à muralha corre um veio límpido
do qual tu poderás sorver um gole.

FEDRA

Ártemis, dama da laguna oceânica,
das arenas equinoecoantes,
meu sonho é deambular em tuas paragens,
domar os potros vênetos.

NUTRIZ

Que palavras são essas de loucura?
Primeiro era o monte em que ansiavas
caçar. Agora é na areia
vazia de mar que sonhas com os potros.
Só alguém com muita experiência em mântica
identificaria o deus
que agita a brida e aturde o teu espírito.

ΦΑΙΔΡΑ

δύστηνος ἐγώ, τί ποτ' εἰργασάμην;
ποῖ παρεπλάγχθην γνώμης ἀγαθῆς;   240
ἐμάνην, ἔπεσον δαίμονος ἄτηι.
φεῦ φεῦ τλήμων.
μαῖα, πάλιν μου κρύψον κεφαλήν,
αἰδούμεθα γὰρ τὰ λελεγμένα μοι.
κρύπτε· κατ' ὄσσων δάκρυ μοι βαίνει   245
καὶ ἐπ' αἰσχύνην ὄμμα τέτραπται.
τὸ γὰρ ὀρθοῦσθαι γνώμην ὀδυνᾶι,
τὸ δὲ μαινόμενον κακόν· ἀλλὰ κρατεῖ
μὴ γιγνώσκοντ' ἀπολέσθαι.

ΤΡΟΦΟΣ

κρύπτω· τὸ δ' ἐμὸν πότε δὴ θάνατος   250
σῶμα καλύψει;
πολλὰ διδάσκει μ' ὁ πολὺς βίοτος·
χρῆν γὰρ μετρίας εἰς ἀλλήλους
φιλίας θνητοὺς ἀνακίρνασθαι
καὶ μὴ πρὸς ἄκρον μυελὸν ψυχῆς,   255
εὔλυτα δ' εἶναι στέργηθρα φρενῶν
ἀπό τ' ὤσασθαι καὶ ξυντεῖναι·
τὸ δ' ὑπὲρ δισσῶν μίαν ὠδίνειν
ψυχὴν χαλεπὸν βάρος, ὡς κἀγὼ
τῆσδ' ὑπεραλγῶ.   260
βιότου δ' ἀτρεκεῖς ἐπιτηδεύσεις
φασὶ σφάλλειν πλέον ἢ τέρπειν
τῆι θ' ὑγιείαι μᾶλλον πολεμεῖν.
οὕτω τὸ λίαν ἧσσον ἐπαινῶ
τοῦ μηδὲν ἄγαν·   265
καὶ ξυμφήσουσι σοφοί μοι.

FEDRA

Tristeza! O que fiz?
Por onde sequestrei-me do bom senso? 240
Louca, o revés de um deus me assola.
Ai! Amargura!
Recobre-me a cabeça, ama,
pois me constrange o que falei.
Cobre! Decaem as lágrimas dos olhos 245
e no desdouro fixo a vista.
Custa aprumar a lucidez
e a insensatez é um mal. Melhor
morrer sem conhecer.

NUTRIZ

Recubro, mas, meu corpo, quando Tânatos 250
o encobre?
A vida que delonga muito ensina:
o liame humano há de se pautar
pelo comedimento e não buscar
a culminância da medula da ânima, 255
e pelo amor flexível
no desenlace ou vínculo.
Mas redobrar-se em dor uma só psique,
como no meu pesar por ela,
é árduo fardo. 260
Quem enrijece a própria vida
mais do que ter prazer, afirmam, pe-
-riclita, guerra em que a saúde de-
-bilita. Eis por que motivo prezo
menos o excesso do que o ínfimo. 265
Há sábio que de mim discorde?

ΧΟΡΟΣ

γύναι γεραιά, βασιλίδος πιστὴ τροφέ,
Φαίδρας ὁρῶμεν τάσδε δυστήνους τύχας,
ἄσημα δ' ἡμῖν ἥτις ἐστὶν ἡ νόσος·
σοῦ δ' ἂν πυθέσθαι καὶ κλύειν βουλοίμεθ' ἄν.   270

ΤΡΟΦΟΣ

οὐκ οἶδ', ἐλέγχουσ'· οὐ γὰρ ἐννέπειν θέλει.

ΧΟΡΟΣ

οὐδ' ἥτις ἀρχὴ τῶνδε πημάτων ἔφυ;

ΤΡΟΦΟΣ

ἐς ταὐτὸν ἥκεις· πάντα γὰρ σιγᾶι τάδε.

ΧΟΡΟΣ

ὡς ἀσθενεῖ τε καὶ κατέξανται δέμας.

ΤΡΟΦΟΣ

πῶς δ' οὔ, τριταίαν γ' οὖσ' ἄσιτος ἡμέραν;   275

ΧΟΡΟΣ

πότερον ὑπ' ἄτης ἢ θανεῖν πειρωμένη;

ΤΡΟΦΟΣ

θανεῖν; ἀσιτεῖ γ' εἰς ἀπόστασιν βίου.

ΧΟΡΟΣ

θαυμαστὸν εἶπας, εἰ τάδ' ἐξαρκεῖ πόσει.

ΤΡΟΦΟΣ

κρύπτει γὰρ ἥδε πῆμα κοὔ φησιν νοσεῖν.

CORO
Nutriz anciã, fiel à soberana,
presenciamos o revés de Fedra,
embora sem saber o que a molesta.
Tens algo a nos dizer que o esclareça?   270

NUTRIZ
Nada, pois sempre cala ao que eu indague.

CORO
Nem o que desencadeou sua dor?

NUTRIZ
Não há o que a demova do silêncio.

CORO
Sem energia, o corpo corre risco.

NUTRIZ
Pudera! Nada come faz três dias!   275

CORO
Enlouqueceu ou pensa em suicídio?

NUTRIZ
Não sei, mas o jejum lhe tira a vida.

CORO
Surpreende a inação de seu consorte.

NUTRIZ
Oculta a própria dor, cala a moléstia.

ΧΟΡΟΣ
ὁ δ' ἐς πρόσωπον οὐ τεκμαίρεται βλέπων; 280

ΤΡΟΦΟΣ
ἔκδημος ὢν γὰρ τῆσδε τυγχάνει χθονός.

ΧΟΡΟΣ
σὺ δ' οὐκ ἀνάγκην προσφέρεις, πειρωμένη
νόσον πυθέσθαι τῆσδε καὶ πλάνον φρενῶν;

ΤΡΟΦΟΣ
ἐς πάντ' ἀφῖγμαι κοὐδὲν εἴργασμαι πλέον.
οὐ μὴν ἀνήσω γ' οὐδὲ νῦν προθυμίας, 285
ὡς ἂν παροῦσα καὶ σύ μοι ξυμμαρτυρῆις
οἵα πέφυκα δυστυχοῦσι δεσπόταις.
ἄγ', ὦ φίλη παῖ, τῶν πάροιθε μὲν λόγων
λαθώμεθ' ἄμφω, καὶ σύ θ' ἡδίων γενοῦ
στυγνὴν ὀφρῦν λύσασα καὶ γνώμης ὁδόν, 290
ἐγώ θ' ὅπηι σοι μὴ καλῶς τόθ' εἱπόμην
μεθεῖσ' ἐπ' ἄλλον εἶμι βελτίω λόγον.
κεἰ μὲν νοσεῖς τι τῶν ἀπορρήτων κακῶν,
γυναῖκες αἵδε συγκαθιστάναι νόσον·
εἰ δ' ἔκφορός σοι συμφορὰ πρὸς ἄρσενας, 295
λέγ', ὡς ἰατροῖς πρᾶγμα μηνυθῆι τόδε.
εἶεν, τί σιγᾶις; οὐκ ἐχρῆν σιγᾶν, τέκνον,
ἀλλ' ἤ μ' ἐλέγχειν, εἴ τι μὴ καλῶς λέγω,
ἢ τοῖσιν εὖ λεχθεῖσι συγχωρεῖν λόγοις.
φθέγξαι τι, δεῦρ' ἄθρησον. ὦ τάλαιν' ἐγώ, 300
γυναῖκες, ἄλλως τούσδε μοχθοῦμεν πόνους,
ἴσον δ' ἄπεσμεν τῶι πρίν· οὔτε γὰρ τότε
λόγοις ἐτέγγεθ' ἥδε νῦν τ' οὐ πείθεται.
ἀλλ' ἴσθι μέντοι — πρὸς τάδ' αὐθαδεστέρα

36

CORO
Mas ele nada enxerga em seu semblante? 280

NUTRIZ
Encontra-se distante do país.

CORO
Não a forçaste a esclarecer a doença,
a errância que lhe furta o raciocínio?

NUTRIZ
Nenhum recurso que empreguei deu certo,
mas não me desanimarei agora, 285
pois gostaria que testemunhasses
o meu empenho com a dama aflita.
Mudemos, filha, o foco da conversa
anterior: desanuvia o cenho,
franqueia a senda do teu pensamento. 290
Esqueço a via em que antes te seguia
para adotar um tom mais pertinente.
Se a moléstia requer sigilo, ancilas
presentes a sopitam. Se homens podem
se colocar a par da adversidade, 295
fala, para informarmos logo um médico.
Calas por quê? Calar não faz sentido!
Critica-me, se estou errada; anui,
se tiver cabimento o que profiro!
Emite um som que seja! Olha aqui! 300
Não surte efeito, amigas, nosso apuro,
passamos longe. Se antes as palavras
sequer a tangenciavam, nega agora
os argumentos. Mar ensimesmado,

γίγνου θαλάσσης — εἰ θανῆι, προδοῦσα σοὺς 305
παῖδας, πατρώιων μὴ μεθέξοντας δόμων,
μὰ τὴν ἄνασσαν ἱππίαν Ἀμαζόνα,
ἣ σοῖς τέκνοισι δεσπότην ἐγείνατο,
νόθον φρονοῦντα γνήσι', οἶσθά νιν καλῶς,
Ἱππόλυτον...

ΦΑΙΔΡΑ
οἴμοι.

ΤΡΟΦΟΣ
θιγγάνει σέθεν τόδε; 310

ΦΑΙΔΡΑ
ἀπώλεσάς με, μαῖα, καί σε πρὸς θεῶν
τοῦδ' ἀνδρὸς αὖθις λίσσομαι σιγᾶν πέρι.

ΤΡΟΦΟΣ
ὁρᾶις; φρονεῖς μὲν εὖ, φρονοῦσα δ' οὐ θέλεις
παῖδάς τ' ὀνῆσαι καὶ σὸν ἐκσῶσαι βίον.

ΦΑΙΔΡΑ
φιλῶ τέκν'· ἄλληι δ' ἐν τύχηι χειμάζομαι. 315

ΤΡΟΦΟΣ
ἁγνὰς μέν, ὦ παῖ, χεῖρας αἵματος φορεῖς;

ΦΑΙΔΡΑ
χεῖρες μὲν ἁγναί, φρὴν δ' ἔχει μίασμά τι.

ΤΡΟΦΟΣ
μῶν ἐξ ἐπακτοῦ πημονῆς ἐχθρῶν τινος;

estejas certa de que trairás
teus filhos morta: priva-os dos bens pátrios,
pois a Amazona equestre gera um déspota
à tua prole. Se imagina lídimo,
mas é bastardo. Sabes de quem falo:
Hipólito.

FEDRA
Ai!

NUTRIZ
Perturba-te com isso?

FEDRA
Ancila, me aniquilas! Pelos deuses,
rogo-te: não menciones esse nome!

NUTRIZ
Pensas com lucidez e, embora lúcida,
pões em risco tua prole e a própria vida.

FEDRA
Amo os meus. Malogrou-me sina adversa.

NUTRIZ
Trazes na mão a mácula do sangue?

FEDRA
A mão é pura, a nódoa está no espírito.

NUTRIZ
Um adversário causa tua aflição?

ΦΑΙΔΡΑ

φίλος μ' ἀπόλλυσ' οὐχ ἑκοῦσαν οὐχ ἑκών.

ΤΡΟΦΟΣ

Θησεύς τιν' ἡμάρτηκεν ἐς σ' ἁμαρτίαν; 320

ΦΑΙΔΡΑ

μὴ δρῶσ' ἔγωγ' ἐκεῖνον ὀφθείην κακῶς.

ΤΡΟΦΟΣ

τί γὰρ τὸ δεινὸν τοῦθ' ὅ σ' ἐξαίρει θανεῖν;

ΦΑΙΔΡΑ

ἔα μ' ἁμαρτεῖν· οὐ γὰρ ἐς σ' ἁμαρτάνω.

ΤΡΟΦΟΣ

οὐ δῆθ' ἑκοῦσά γ', ἐν δὲ σοὶ λελείψομαι.

ΦΑΙΔΡΑ

τί δρᾶις; βιάζηι, χειρὸς ἐξαρτωμένη; 325

ΤΡΟΦΟΣ

καὶ σῶν γε γονάτων, κοὐ μεθήσομαί ποτε.

ΦΑΙΔΡΑ

κάκ' ὦ τάλαινά σοι τάδ', εἰ πεύσηι, κακά.

ΤΡΟΦΟΣ

μεῖζον γὰρ ἤ σου μὴ τυχεῖν τί μοι κακόν;

ΦΑΙΔΡΑ

ὀλῆι. τὸ μέντοι πρᾶγμ' ἐμοὶ τιμὴν φέρει.

FEDRA
Destrói-me um ente caro, a contragosto.

NUTRIZ
Teseu errou? Seu erro prejudica-te? 320

FEDRA
De mim não parta ação que o prejudique!

NUTRIZ
Que horror desencadeia o ensejo fúnebre?

FEDRA
Meus erros têm a ver comigo. Deixa-os!

NUTRIZ
Não deixo! Haverás de me vencer!

FEDRA
Que fazes? Prendes minha mão à força? 325

NUTRIZ
E os joelhos igualmente. Não os solto!

FEDRA
Sofres, caso te inteires da verdade.

NUTRIZ
Dói mais a hipótese de te perder.

FEDRA
Morrerás, mas meu gesto me enche de honra.

ΤΡΟΦΟΣ

κἄπειτα κρύπτεις, χρήσθ' ἱκνουμένης ἐμοῦ; 330

ΦΑΙΔΡΑ

ἐκ τῶν γὰρ αἰσχρῶν ἐσθλὰ μηχανώμεθα.

ΤΡΟΦΟΣ

οὔκουν λέγουσα τιμιωτέρα φανῆι;

ΦΑΙΔΡΑ

ἄπελθε πρὸς θεῶν δεξιάν τ' ἐμὴν μέθες.

ΤΡΟΦΟΣ

οὐ δῆτ', ἐπεί μοι δῶρον οὐ δίδως ὃ χρῆν.

ΦΑΙΔΡΑ

δώσω· σέβας γὰρ χειρὸς αἰδοῦμαι τὸ σόν. 335

ΤΡΟΦΟΣ

σιγῶιμ' ἂν ἤδη· σὸς γὰρ οὑντεῦθεν λόγος.

ΦΑΙΔΡΑ

ὦ τλῆμον, οἷον, μῆτερ, ἠράσθης ἔρον.

ΤΡΟΦΟΣ

ὃν ἔσχε ταύρου, τέκνον; ἢ τί φὴις τόδε;

NUTRIZ

E o escondes, se é a grandeza o que me move?   330

FEDRA

Com base no que é torpe tramo o nobre.

NUTRIZ

Tua honra não aumenta caso fales?

FEDRA

Afasta! Solta minha mão direita!

NUTRIZ

Só quando concederes o que peço.

FEDRA

Concedo, por respeito à mão sagrada.   335

NUTRIZ

Calo, pois cabe a ti falar agora.

FEDRA

O amor, qual deles, mãe, amaste, ó mísera?

NUTRIZ

Fazes menção a seu amor por touro?[8]

---

[8] Referência a Pasífae, mãe de Fedra, esposa do cretense Minos. Sob intervenção de Afrodite, Pasífae se apaixona por um touro. Da relação, nasce o Minotauro. (N. do T.)

ΦΑΙΔΡΑ
σύ τ', ὦ τάλαιν' ὅμαιμε, Διονύσου δάμαρ.

ΤΡΟΦΟΣ
τέκνον, τί πάσχεις; συγγόνους κακορροθεῖς; 340

ΦΑΙΔΡΑ
τρίτη δ' ἐγὼ δύστηνος ὡς ἀπόλλυμαι.

ΤΡΟΦΟΣ
ἔκ τοι πέπληγμαι· ποῖ προβήσεται λόγος;

ΦΑΙΔΡΑ
ἐκεῖθεν ἡμεῖς, οὐ νεωστί, δυστυχεῖς.

ΤΡΟΦΟΣ
οὐδέν τι μᾶλλον οἶδ' ἃ βούλομαι κλύειν.

ΦΑΙΔΡΑ
φεῦ·
πῶς ἂν σύ μοι λέξειας ἁμὲ χρὴ λέγειν; 345

ΤΡΟΦΟΣ
οὐ μάντις εἰμὶ τἀφανῆ γνῶναι σαφῶς.

ΦΑΙΔΡΑ
τί τοῦθ' ὃ δὴ λέγουσιν ἀνθρώπους ἐρᾶν;

FEDRA
Tu, cônjuge de Baco, pobre irmã.⁹

NUTRIZ
Denigre os teus parentes? O que ocorre? 340

FEDRA
Terceira... eu... morrer assim? Desgraça!

NUTRIZ
Me inquieto: aonde levam tuas palavras?

FEDRA
Não é de agora a agrura que me abala.

NUTRIZ
Do que mais quero ouvir, eu nada escuto.

FEDRA
Ai!
Falaras o que se me impõe falar! 345

NUTRIZ
Não sou profeta que desvende o obscuro.

FEDRA
O que os homens afirmam que é o amor?

---

⁹ Irmã de Fedra, Ariadne ajuda Teseu a escapar do labirinto. Abandonada por ele em Naxos, torna-se mulher de Diôniso. (N. do T.)

ΤΡΟΦΟΣ
ἥδιστον, ὦ παῖ, ταὐτὸν ἀλγεινόν θ' ἅμα.

ΦΑΙΔΡΑ
ἡμεῖς ἂν εἶμεν θατέρωι κεχρημένοι.

ΤΡΟΦΟΣ
τί φήις; ἐρᾶις, ὦ τέκνον; ἀνθρώπων τίνος; 350

ΦΑΙΔΡΑ
ὅστις ποθ' οὗτός ἐσθ', ὁ τῆς Ἀμαζόνος...

ΤΡΟΦΟΣ
Ἱππόλυτον αὐδᾶις;

ΦΑΙΔΡΑ
σοῦ τάδ', οὐκ ἐμοῦ, κλύεις.

ΤΡΟΦΟΣ
οἴμοι, τί λέξεις, τέκνον; ὥς μ' ἀπώλεσας.
γυναῖκες, οὐκ ἀνασχέτ', οὐκ ἀνέξομαι
ζῶσ'· ἐχθρὸν ἦμαρ, ἐχθρὸν εἰσορῶ φάος. 355
ῥίψω μεθήσω σῶμ', ἀπαλλαχθήσομαι
βίου θανοῦσα· χαίρετ', οὐκέτ' εἴμ' ἐγώ.
οἱ σώφρονες γάρ, οὐχ ἑκόντες ἀλλ' ὅμως,
κακῶν ἐρῶσι. Κύπρις οὐκ ἄρ' ἦν θεός,
ἀλλ' εἴ τι μεῖζον ἄλλο γίγνεται θεοῦ, 360
ἢ τήνδε κἀμὲ καὶ δόμους ἀπώλεσεν.

ΧΟΡΟΣ
ἄιες ὤ, ἔκλυες ὤν,
ἀνήκουστα τᾶς

NUTRIZ

O prazeroso e amargo num só tempo.

FEDRA

Pois só conheço sua segunda parte.

NUTRIZ

Amas alguém? Ouvi direito? Quem? 350

FEDRA

Seja quem for o filho da Amazona...

NUTRIZ

Hipólito?

FEDRA

Tua própria boca o pronuncia.

NUTRIZ

O que disseste, filha, me aniquila.
Amigas, não suporto a vida, nem
suportarei. Odeio o dia, odeio 355
a luz que avisto. O corpo de mim mesma
denegarei. Adeus! Não mais existo.
Ainda que não queiram, sábios amam
o feio. Logo, Cípris não é deusa,
mas algo bem maior que o deus, se houver, 360
que a ela arruinou, a mim, ao lar.

CORO

Oh! Escutaste?
Oh! Ouviste

τυράννου πάθεα μέλεα θρεομένας;
ὀλοίμαν ἔγωγε πρὶν σᾶν, φίλα,
κατανύσαι φρενῶν. ἰώ μοι, φεῦ φεῦ· 365
ὦ τάλαινα τῶνδ' ἀλγέων·
ὦ πόνοι τρέφοντες βροτούς.
ὄλωλας, ἐξέφηνας ἐς φάος κακά.
τίς σε παναμέριος ὅδε χρόνος μένει;
τελευτάσεταί τι καινὸν δόμοις· 370
ἄσημα δ' οὐκέτ' ἐστὶν οἷ φθίνει τύχα
Κύπριδος, ὦ τάλαινα παῖ Κρησία.

ΦΑΙΔΡΑ

Τροζήνιαι γυναῖκες, αἳ τόδ' ἔσχατον
οἰκεῖτε χώρας Πελοπίας προνώπιον,
ἤδη ποτ' ἄλλως νυκτὸς ἐν μακρῶι χρόνωι 375
θνητῶν ἐφρόντισ' ἧι διέφθαρται βίος.
καί μοι δοκοῦσιν οὐ κατὰ γνώμης φύσιν
πράσσειν κακίον'· ἔστι γὰρ τό γ' εὖ φρονεῖν
πολλοῖσιν· ἀλλὰ τῆιδ' ἀθρητέον τόδε·
τὰ χρήστ' ἐπιστάμεσθα καὶ γιγνώσκομεν, 380
οὐκ ἐκπονοῦμεν δ', οἱ μὲν ἀργίας ὕπο,
οἱ δ' ἡδονὴν προθέντες ἀντὶ τοῦ καλοῦ
ἄλλην τιν'· εἰσὶ δ' ἡδοναὶ πολλαὶ βίου,
μακραί τε λέσχαι καὶ σχολή, τερπνὸν κακόν,
αἰδώς τε· δισσαὶ δ' εἰσίν, ἡ μὲν οὐ κακή, 385
ἡ δ' ἄχθος οἴκων· εἰ δ' ὁ καιρὸς ἦν σαφής,
οὐκ ἂν δύ' ἤστην ταῦτ' ἔχοντε γράμματα.
ταῦτ' οὖν ἐπειδὴ τυγχάνω φρονοῦσ' ἐγώ,
οὐκ ἔσθ' ὁποίωι φαρμάκωι διαφθερεῖν
ἔμελλον, ὥστε τοὔμπαλιν πεσεῖν φρενῶν. 390
λέξω δὲ καί σοι τῆς ἐμῆς γνώμης ὁδόν.
ἐπεί μ' ἔρως ἔτρωσεν, ἐσκόπουν ὅπως

o inaudível revés no régio grito?
Que eu morra, sem que me arrebatem a ânima
pensamentos idênticos aos teus!
Infeliz! Padecer sem fim!
Pesares que alimentam o homem!
Morres: trouxeste à luz adversidades.
No tempo de hoje que delonga, o que
te espera? No solar teremos novas.
O fim da sina que te envia Cípris,
cretense triste, já se evidencia!

FEDRA
Trezenas, moradoras das lonjuras
nos pórticos de Pélops, ocupou-me
o pensamento longo tempo noite
adentro a destruição da vida humana.
A natureza do intelecto não
é responsável pela ação nefasta,
pois muitos pensam bem. Meu ponto é outro:
ciência não nos falta nem sabença
do que é melhor, mas não as praticamos
por privilegiarmos o prazer
ao bem, ou por inércia. O prazer
se multiplica nas conversas, o ócio
— um mal que apraz —, pudor (são dois: oprime
um deles, o outro não é mau. Se nítidos,
letras diversas os designariam).
E desde que tomou-me o pensamento,
droga não há capaz de me fazer
eliminá-lo, vê-lo de outro ângulo.
Eis a senda na qual moveu-se a mente:
quando Eros me feriu, pus sob análise

κάλλιστ' ἐνέγκαιμ' αὐτόν. ἠρξάμην μὲν οὖν
ἐκ τοῦδε, σιγᾶν τήνδε καὶ κρύπτειν νόσον·
γλώσσηι γὰρ οὐδὲν πιστόν, ἢ θυραῖα μὲν   395
φρονήματ' ἀνδρῶν νουθετεῖν ἐπίσταται,
αὐτὴ δ' ὑφ' αὑτῆς πλεῖστα κέκτηται κακά.
τὸ δεύτερον δὲ τὴν ἄνοιαν εὖ φέρειν
τῶι σωφρονεῖν νικῶσα προυνοησάμην.
τρίτον δ', ἐπειδὴ τοισίδ' οὐκ ἐξήνυτον   400
Κύπριν κρατῆσαι, κατθανεῖν ἔδοξέ μοι,
κράτιστον (οὐδεὶς ἀντερεῖ) βουλευμάτων.
ἐμοὶ γὰρ εἴη μήτε λανθάνειν καλὰ
μήτ' αἰσχρὰ δρώσηι μάρτυρας πολλοὺς ἔχειν.
τὸ δ' ἔργον ἤιδη τὴν νόσον τε δυσκλεᾶ,   405
γυνή τε πρὸς τοῖσδ' οὖσ' ἐγίγνωσκον καλῶς,
μίσημα πᾶσιν· ὡς ὄλοιτο παγκάκως
ἥτις πρὸς ἄνδρας ἤρξατ' αἰσχύνειν λέχη
πρώτη θυραίους. ἐκ δὲ γενναίων δόμων
τόδ' ἦρξε θηλείαισι γίγνεσθαι κακόν·   410
ὅταν γὰρ αἰσχρὰ τοῖσιν ἐσθλοῖσιν δοκῆι,
ἦ κάρτα δόξει τοῖς κακοῖς γ' εἶναι καλά.
μισῶ δὲ καὶ τὰς σώφρονας μὲν ἐν λόγοις,
λάθραι δὲ τόλμας οὐ καλὰς κεκτημένας·
αἳ πῶς ποτ', ὦ δέσποινα ποντία Κύπρι,   415
βλέπουσιν ἐς πρόσωπα τῶν ξυνευνετῶν
οὐδὲ σκότον φρίσσουσι τὸν ξυνεργάτην
τέραμνά τ' οἴκων μή ποτε φθογγὴν ἀφῆι;
ἡμᾶς γὰρ αὐτὸ τοῦτ' ἀποκτείνει, φίλαι,
ὡς μήποτ' ἄνδρα τὸν ἐμὸν αἰσχύνασ' ἁλῶ,   420
μὴ παῖδας οὓς ἔτικτον· ἀλλ' ἐλεύθεροι
παρρησίαι θάλλοντες οἰκοῖεν πόλιν
κλεινῶν Ἀθηνῶν, μητρὸς οὕνεκ' εὐκλεεῖς.
δουλοῖ γὰρ ἄνδρα, κἂν θρασύσπλαγχνός τις ἦι,

como o suportaria belamente.
Calei no início, ocultei a doença,
sem me fiar na língua: porta afora, 395
é perita em conselhos percucientes,
mas para si captura males múltiplos.
Meu passo posterior foi derrotar
com lucidez o que era insensatez.
Enfim, sem conseguir me impor a Cípris, 400
pareceu-me razoável me matar,
a solução de mais vigor — quem nega?
Nem o que houver de belo em mim se oculte,
nem muitos presenciem os gestos vis!
Sabia da morbidez da ação que infama, 405
além de ter clareza: sou mulher,
que a massa desestima. Tenha a pior
das mortes a primeira a macular
o leito com um ente alheio! O início
do malefício fêmeo deu-se em paços, 410
pois quando a nata aprova a sordidez,
parecerá que é bela à gente baixa.
Detesto quem é casta na linguagem
com ímpetos rampeiros à socapa.
Magna Cípris marinha, como podem 415
mirar o rosto do consorte sem
receio de que um dia a treva cúmplice
e o teto da morada ganhem voz?
A mim, amigas, eis o que me mata:
jamais ser surpreendida denegrindo 420
marido e filhos, livres, sem que tolham
a fala, vicejantes na ilustríssima
Atenas, fama que provém da mãe,
pois se escraviza, mesmo que brioso,

ὅταν ξυνειδῆι μητρὸς ἢ πατρὸς κακά.   425
μόνον δὲ τοῦτό φασ' ἁμιλλᾶσθαι βίωι,
γνώμην δικαίαν κἀγαθὴν ὅτωι παρῆι·
κακοὺς δὲ θνητῶν ἐξέφην' ὅταν τύχηι,
προθεὶς κάτοπτρον ὥστε παρθένωι νέαι,
χρόνος· παρ' οἷσι μήποτ' ὀφθείην ἐγώ.   430

ΧΟΡΟΣ

φεῦ φεῦ, τὸ σῶφρον ὡς ἁπανταχοῦ καλὸν
καὶ δόξαν ἐσθλὴν ἐν βροτοῖς καρπίζεται.

ΤΡΟΦΟΣ

δέσποιν', ἐμοί τοι συμφορὰ μὲν ἀρτίως
ἡ σὴ παρέσχε δεινὸν ἐξαίφνης φόβον·
νῦν δ' ἐννοοῦμαι φαῦλος οὖσα, κἀν βροτοῖς   435
αἱ δεύτεραί πως φροντίδες σοφώτεραι.
οὐ γὰρ περισσὸν οὐδὲν οὐδ' ἔξω λόγου
πέπονθας, ὀργαὶ δ' ἔς σ' ἀπέσκηψαν θεᾶς.
ἐρᾶις (τί τοῦτο θαῦμα;) σὺν πολλοῖς βροτῶν·
κἄπειτ' ἔρωτος οὕνεκα ψυχὴν ὀλεῖς;   440
οὔ τἄρα λύει τοῖς ἐρῶσι τῶν πέλας,
ὅσοι τε μέλλουσ', εἰ θανεῖν αὐτοὺς χρεών.
Κύπρις γὰρ οὐ φορητὸν ἢν πολλὴ ῥυῆι,
ἣ τὸν μὲν εἴκονθ' ἡσυχῆι μετέρχεται,
ὃν δ' ἂν περισσὸν καὶ φρονοῦνθ' εὕρηι μέγα,   445
τοῦτον λαβοῦσα πῶς δοκεῖς καθύβρισεν.
φοιτᾶι δ' ἀν' αἰθέρ', ἔστι δ' ἐν θαλασσίωι
κλύδωνι Κύπρις, πάντα δ' ἐκ ταύτης ἔφυ·
ἥδ' ἐστὶν ἡ σπείρουσα καὶ διδοῦσ' ἔρον,
οὗ πάντες ἐσμὲν οἱ κατὰ χθόν' ἔκγονοι.   450
ὅσοι μὲν οὖν γραφάς τε τῶν παλαιτέρων
ἔχουσιν αὐτοί τ' εἰσὶν ἐν μούσαις ἀεὶ

quem sabe da baixeza de seus pais.   425
Só uma coisa — dizem — se equipara
à vida: ter o tino justo e íntegro.
Ao vil revela, no momento certo,
como a donzela que se vê no espelho,
o tempo. Não me vejam em seu círculo!   430

CORO
Os homens têm em máximo conceito
a sensatez, cuja beleza alastra-se.

NUTRIZ
Teu revés me causou terrível medo
repentino. Mas noto o quanto fui
ingênua. O pensamento mais agudo   435
é o que sucede, dama, o anterior.
Não é incomum teu sofrimento, ilógico
tampouco. A deusa arroja em ti a ira.
Amas — por que o espanto? — igual a muitos.
É por causa do amor que arruínas a ânima?   440
Se tânatos se impõe, trará proveito
o amor ao amador de agora e sempre?
Não se desvia da aparição de Cípris.
Serenidade empresta a quem a acolhe,
mas quando se depara com altivo,   445
o dissabor que causa nem cogitas.
Transita céu acima e vive em ôndulas,
a Cípris; tudo nela principia,
semeadora e doadora de eros,
de quem, terráqueos, todos existimos.   450
Conhecedores de escrituras priscas,
assíduos no contato com as musas,

ἴσασι μὲν Ζεὺς ὥς ποτ' ἠράσθη γάμων
Σεμέλης, ἴσασι δ' ὡς ἀνήρπασέν ποτε
ἡ καλλιφεγγὴς Κέφαλον ἐς θεοὺς Ἕως 455
ἔρωτος οὕνεκ'· ἀλλ' ὅμως ἐν οὐρανῶι
ναίουσι κοὐ φεύγουσιν ἐκποδὼν θεούς,
στέργουσι δ', οἶμαι, ξυμφορᾶι νικώμενοι.
σὺ δ' οὐκ ἀνέξηι; χρῆν σ' ἐπὶ ῥητοῖς ἄρα
πατέρα φυτεύειν ἢ 'πὶ δεσπόταις θεοῖς 460
ἄλλοισιν, εἰ μὴ τούσδε γε στέρξεις νόμους.
πόσους δοκεῖς δὴ κάρτ' ἔχοντας εὖ φρενῶν
νοσοῦνθ' ὁρῶντας λέκτρα μὴ δοκεῖν ὁρᾶν;
πόσους δὲ παισὶ πατέρας ἡμαρτηκόσιν
συνεκκομίζειν Κύπριν; ἐν σοφοῖσι γὰρ 465
τόδ' ἐστὶ θνητῶν, λανθάνειν τὰ μὴ καλά.
οὐδ' ἐκπονεῖν τοι χρὴ βίον λίαν βροτούς·
οὐδὲ στέγην γὰρ ἧι κατηρεφεῖς δόμοι
καλῶς ἀκριβώσαις ἄν· ἐς δὲ τὴν τύχην
πεσοῦσ' ὅσην σύ, πῶς ἂν ἐκνεῦσαι δοκεῖς; 470
ἀλλ' εἰ τὰ πλείω χρηστὰ τῶν κακῶν ἔχεις,
ἄνθρωπος οὖσα κάρτα γ' εὖ πράξειας ἄν.
ἀλλ', ὦ φίλη παῖ, λῆγε μὲν κακῶν φρενῶν,
λῆξον δ' ὑβρίζουσ', οὐ γὰρ ἄλλο πλὴν ὕβρις
τάδ' ἐστί, κρείσσω δαιμόνων εἶναι θέλειν, 475
τόλμα δ' ἐρῶσα· θεὸς ἐβουλήθη τάδε·
νοσοῦσα δ' εὖ πως τὴν νόσον καταστρέφου.
εἰσὶν δ' ἐπωιδαὶ καὶ λόγοι θελκτήριοι·
φανήσεταί τι τῆσδε φάρμακον νόσου.
ἦ τἄρ' ἂν ὀψέ γ' ἄνδρες ἐξεύροιεν ἄν, 480
εἰ μὴ γυναῖκες μηχανὰς εὑρήσομεν.

sabem que Zeus ardeu de amor por Sêmele,
sabem que Eós, Aurora califúlgida,
transida em seu amor, viveu com Céfalo 455
no céu urânio. A dupla não evita
a convivência com demais olímpicos:
dobrados pela dor, a aceitam — creio.
Rejeitas suportá-la? Se essas leis
te desagradam, deverias ter 460
nascido sob numes de outra espécie.
Quantos, sensatos ao teu juízo, não
fecham os olhos para o leito em crise?
E quantos pais não auxiliam os filhos
por erros cometidos nos prazeres 465
de Afrodite? O sábio oculta o feio.
Ninguém deve sonhar com perfeição,
pois nem a cobertura da morada
terá beleza sem reparo. Imersa
em tal acaso, crês fugir a nado? 470
Serás provavelmente felizarda,
se, em tua conta, o bem supere o mal.
Deixa de ter ideias negativas,
deixa de prepotência! É prepotente
se pretender mais forte do que o nume. 475
Coragem: ama! Um deus assim o quis.
Domina a enfermidade de que adoeces!
Existem amavios e encantamentos.
Há de haver fármaco que cure a doença!
Se nós, mulheres, não acharmos meios, 480
os homens não demoram a encontrá-los.

ΧΟΡΟΣ

Φαίδρα, λέγει μὲν ἥδε χρησιμώτερα
πρὸς τὴν παροῦσαν ξυμφοράν, αἰνῶ δὲ σέ.
ὁ δ' αἶνος οὗτος δυσχερέστερος λόγων
τῶν τῆσδε καί σοι μᾶλλον ἀλγίων κλύειν.   485

ΦΑΙΔΡΑ

τοῦτ' ἔσθ' ὃ θνητῶν εὖ πόλεις οἰκουμένας
δόμους τ' ἀπόλλυσ', οἱ καλοὶ λίαν λόγοι·
οὐ γάρ τι τοῖσιν ὠσὶ τερπνὰ χρὴ λέγειν
ἀλλ' ἐξ ὅτου τις εὐκλεὴς γενήσεται.

ΤΡΟΦΟΣ

τί σεμνομυθεῖς; οὐ λόγων εὐσχημόνων   490
δεῖ σ' ἀλλὰ τἀνδρός. ὡς τάχος διιστέον,
τὸν εὐθὺς ἐξειπόντας ἀμφὶ σοῦ λόγον.
εἰ μὲν γὰρ ἦν σοι μὴ 'πὶ συμφοραῖς βίος
τοιαῖσδε, σώφρων δ' οὖσ' ἐτύγχανες γυνή,
οὐκ ἄν ποτ' εὐνῆς οὕνεχ' ἡδονῆς τε σῆς   495
προῆγον ἄν σε δεῦρο· νῦν δ' ἀγὼν μέγας,
σῶσαι βίον σόν, κοὐκ ἐπίφθονον τόδε.

ΦΑΙΔΡΑ

ὦ δεινὰ λέξασ', οὐχὶ συγκλῄσεις στόμα
καὶ μὴ μεθήσεις αὖθις αἰσχίστους λόγους;

ΤΡΟΦΟΣ

αἴσχρ', ἀλλ' ἀμείνω τῶν καλῶν τάδ' ἐστί σοι·   500
κρεῖσσον δὲ τοὔργον, εἴπερ ἐκσώσει γέ σε,
ἢ τοὔνομ', ᾧ σὺ κατθανῇ γαυρουμένη.

CORO

Na situação em que te encontras, não
é desprezível sua fala, mas
te louvo mesmo assim, embora seja
mais duro ouvir o meu louvor que a ela. 485

FEDRA

A beleza excessiva da linguagem
destrói a pólis bem regida e o lar.
Carecemos de frase que enobreça
e não da que seduz o nosso ouvido.

NUTRIZ

Por que esse tom cerimonioso? Do homem 490
precisas, não de frase edulcorada.
Urge ser clara e entender o quadro!
Não fosse tão ruim tua situação,
estivesses em gozo da razão,
jamais te instigaria por um leito 495
e por prazer. Contudo está em jogo
salvar tua vida, o que não traz invídia.

FEDRA

Tua fala me deixou perplexa. Cala
a boca! Chega de palavras torpes!

NUTRIZ

Torpes? As belas não serão melhores. 500
Prefiro a ação que te preserve à fama
pela qual morrerias tão contente.

ΦΑΙΔΡΑ

ἃ μή σε πρὸς θεῶν, εὖ λέγεις γὰρ αἰσχρὰ δέ,
πέρα προβῆις τῶνδ'· ὡς ὑπείργασμαι μὲν εὖ
ψυχὴν ἔρωτι, τἀισχρὰ δ' ἢν λέγηις καλῶς   505
ἐς τοῦθ' ὃ φεύγω νῦν ἀναλωθήσομαι.

ΤΡΟΦΟΣ

εἴ τοι δοκεῖ σοι, χρῆν μὲν οὔ σ' ἁμαρτάνειν,
εἰ δ' οὖν, πιθοῦ μοι· δευτέρα γὰρ ἡ χάρις.
ἔστιν κατ' οἴκους φίλτρα μοι θελκτήρια
ἔρωτος, ἦλθε δ' ἄρτι μοι γνώμης ἔσω,   510
ἅ σ' οὔτ' ἐπ' αἰσχροῖς οὔτ' ἐπὶ βλάβηι φρενῶν
παύσει νόσου τῆσδ', ἢν σὺ μὴ γένηι κακή.
δεῖ δ' ἐξ ἐκείνου δή τι τοῦ ποθουμένου
σημεῖον, ἢ πλόκον τιν' ἢ πέπλων ἄπο,
λαβεῖν, συνάψαι τ' ἐκ δυοῖν μίαν χάριν.   515

ΦΑΙΔΡΑ

πότερα δὲ χριστὸν ἢ ποτὸν τὸ φάρμακον;

ΤΡΟΦΟΣ

οὐκ οἶδ'· ὄνασθαι, μὴ μαθεῖν, βούλου, τέκνον.

ΦΑΙΔΡΑ

δέδοιχ' ὅπως μοι μὴ λίαν φανῆις σοφή.

ΤΡΟΦΟΣ

πάντ' ἂν φοβηθεῖσ' ἴσθι. δειμαίνεις δὲ τί;

ΦΑΙΔΡΑ

μή μοί τι Θησέως τῶνδε μηνύσηις τόκωι.   520

FEDRA

Quanta beleza — para! — ao discorrer
sobre a baixeza. O amor moldou-me a ânima:
se tua fala embeleza o vergonhoso, 505
consumo-me no que tenho evitado.

NUTRIZ

Pois bem, melhor teria sido não
errar, mas como erraste, escuta! Útil
será o meu favor. Lembrei-me agora
de que possuo em casa o filtro mágico 510
de eros. Não é prejudicial à mente,
nem denigre. A doença acaba, se
não fores má. É necessário ter
do amado um signo (tufo de cabelo
ou peplo). E o amor de dois em um conflui. 515

FEDRA

O bálsamo é líquido ou emplastro?

NUTRIZ

Não sei. Se é util, usa-o, sem perguntas.

FEDRA

Temo que exibas um pendor sofista.

NUTRIZ

Temes a própria sombra! O que receias?

FEDRA

Que contes tudo ao filho de Teseu. 520

ΤΡΟΦΟΣ
ἔασον, ὦ παῖ· ταῦτ' ἐγὼ θήσω καλῶς.
μόνον σύ μοι, δέσποινα ποντία Κύπρι,
συνεργὸς εἴης· τἄλλα δ' οἷ' ἐγὼ φρονῶ
τοῖς ἔνδον ἡμῖν ἀρκέσει λέξαι φίλοις.

ΧΟΡΟΣ
Ἔρως Ἔρως, ὁ κατ' ὀμμάτων   525
στάζων πόθον, εἰσάγων γλυκεῖαν
ψυχᾶι χάριν οὓς ἐπιστρατεύσηι,
μή μοί ποτε σὺν κακῶι φανείης
μηδ' ἄρρυθμος ἔλθοις.
οὔτε γὰρ πυρὸς οὔτ' ἄστρων ὑπέρτερον βέλος   530
οἷον τὸ τᾶς Ἀφροδίτας ἵησιν ἐκ χερῶν
Ἔρως ὁ Διὸς παῖς.

ἄλλως ἄλλως παρά τ' Ἀλφεῶι   535
Φοίβου τ' ἐπὶ Πυθίοις τεράμνοις
βούταν φόνον Ἑλλὰς <αἶ'> ἀέξει,
Ἔρωτα δέ, τὸν τύραννον ἀνδρῶν,
τὸν τᾶς Ἀφροδίτας
φιλτάτων θαλάμων κληιδοῦχον, οὐ σεβίζομεν,   540
πέρθοντα καὶ διὰ πάσας ἱέντα συμφορᾶς
θνατοὺς ὅταν ἔλθηι.

NUTRIZ

Deixa, menina! Eu cuido desse caso.
Rogo somente, Cípris, dama oceânica,
o teu auxílio. No interior do lar,
relato o que cogito aos entes caros.

[Entra no palácio]

CORO

Eros! Eros! Instilas o desejo na vista, 525
insuflas o mel do deleite na ânima que sitias:
teu dissabor nunca descortines para mim,
nem venhas até mim descompassando o ritmo!
O fogo que dardeja, o astro que dardeja,
a pujança de ambos empalidece ao de Afrodite, 530
cujo arrojo ocorre pelas mãos de Eros,
prole de Zeus.

Sem préstimo, sem préstimo 535
a Hélade acumula a sagração taurina
nas fímbrias do Alfeu,[10]
nos templos píticos de Foibos,[11]
se a Eros, tutela dos viris,
detentor das chaves do tálamo aprazível de Afrodite, 540
faltarmos em loas.
Sua investida aniquila
quando precipita alguém em toda sorte de ruína.

---

[10] Localização de Olímpia, lugar consagrado a Zeus. (N. do T.)
[11] Alusão a Delfos. (N. do T.)

τὰν μὲν Οἰχαλίαι 545
πῶλον ἄζυγα λέκτρων,
ἄνανδρον τὸ πρὶν καὶ ἄνυμφον, οἴκων
ζεύξασ' ἀπ' Εὐρυτίων
δρομάδα ναΐδ' ὅπως τε βάκ- 550
χαν σὺν αἵματι, σὺν καπνῶι,
φονίοισι νυμφείοις
Ἀλκμήνας τόκωι Κύπρις ἐξέδωκεν· ὦ
τλάμων ὑμεναίων.

ὦ Θήβας ἱερὸν 555
τεῖχος, ὦ στόμα Δίρκας,
συνείποιτ' ἂν ἁ Κύπρις οἷον ἕρπει·
βροντᾶι γὰρ ἀμφιπύρωι
τοκάδα τὰν διγόνοιο Βάκ- 560
χου νυμφευσαμένα πότμωι
φονίωι κατηύνασεν.
δεινὰ γὰρ τὰ πάντ' ἐπιπνεῖ, μέλισσα δ' οἵ-
α τις πεπόταται.

ΦΑΙΔΡΑ
σιγήσατ', ὦ γυναῖκες· ἐξειργάσμεθα. 565

ΧΟΡΟΣ
τί δ' ἐστί, Φαίδρα, δεινὸν ἐν δόμοισί σοι;

Da morada de Êurito,
sem o liame do leito,
sem afago, sem núpcias,
Cípris conduziu, jungindo-a,
a potra ecália,[12]
náiade fugaz ou dionísia,
tal e qual, sangue e fumaça entremeando,
num consórcio rubro:
doação ao filho de Alcmena,
elo que a anula.

Muralha sacra de Tebas,
foz do Dirce,
poderíeis atestar o serpeio de Cípris:
ao trovão ambiflâmeo,
concedeu a esposa,
mãe de Baco duplinascido,[13]
dormente na carnagem da sina.
Feito abelha que esvoa,
em tudo, embasbacante, ela ressopra.

FEDRA
Não quero ouvir mais nada! Estou perdida!

CORO
O que ocorreu de estranho em tua casa?

---

[12] Ao saquear a Ecália, Héracles leva à força Iole, filha do rei Êurito. (N. do T.)

[13] Sêmele, filha de Cadmo, rei de Tebas. Com seu raio, Zeus a visita e gera Diôniso. Sêmele morre com o fulgor. O duplo nascimento de Diôniso tem a ver com esse episódio: do ventre da mãe, da coxa de Zeus, onde é costurado até o fim da gestação. (N. do T.)

ΦΑΙΔΡΑ
ἐπίσχετ', αὐδὴν τῶν ἔσωθεν ἐκμάθω.

ΧΟΡΟΣ
σιγῶ· τὸ μέντοι φροίμιον κακὸν τόδε.

ΦΑΙΔΡΑ
ἰώ μοι, αἰαῖ·
ὦ δυστάλαινα τῶν ἐμῶν παθημάτων. 570

ΧΟΡΟΣ
τίνα θροεῖς αὐδάν; τίνα βοᾶις λόγον;
ἔνεπε, τίς φοβεῖ σε φήμα, γύναι,
φρένας ἐπίσσυτος;

ΦΑΙΔΡΑ
ἀπωλόμεσθα· ταῖσδ' ἐπιστᾶσαι πύλαις 575
ἀκούσαθ' οἷος κέλαδος ἐν δόμοις πίτνει.

ΧΟΡΟΣ
σὺ παρὰ κλῆιθρα, σοὶ μέλει πομπίμα
φάτις δωμάτων·
ἔνεπε δ' ἔνεπέ μοι, τί ποτ' ἔβα κακόν; 580

ΦΑΙΔΡΑ
ὁ τῆς φιλίππου παῖς Ἀμαζόνος βοᾶι
Ἱππόλυτος, αὐδῶν δεινὰ πρόσπολον κακά.

ΧΟΡΟΣ
ἰὰν μὲν κλύω, σαφὲς δ' οὐκ ἔχω· 585
γεγώνει δ' οἷα διὰ πύλας ἔμολεν
ἔμολέ σοι βοά.

FEDRA
Silêncio! Escuto vozes. Vêm de dentro!

CORO
Calo, mas o prelúdio é negativo.

FEDRA
Ai!
Desgraça! De onde vem meu sofrimento? 570

CORO
O que teu grito clama? Troas o quê?
Que voz, senhora, te amedronta — fala! —,
te agride o espírito?

FEDRA
Estou perdida! Em pé, bem rente à porta, 575
escutai o rumor que irrompe em casa!

CORO
Perto da aldraba, deves explicar
a natureza do rumor.
Conta! Conta que horror aconteceu! 580

FEDRA
O filho da Amazona que ama equinos,
Hipólito, gritou. Admoesta a ancila.

CORO
Escuto um urro, embora indiscernível. 585
Do entremeio da porta,
provém o grito, vem aos teus ouvidos.

ΦΑΙΔΡΑ

καὶ μὴν σαφῶς γε τὴν κακῶν προμνήστριαν,
τὴν δεσπότου προδοῦσαν ἐξαυδᾶι λέχος.   590

ΧΟΡΟΣ

ὤμοι ἐγὼ κακῶν· προδέδοσαι, φίλα.
τί σοι μήσομαι;
τὰ κρυπτὰ γὰρ πέφηνε, διὰ δ' ὄλλυσαι,
αἰαῖ ἒ ἔ, πρόδοτος ἐκ φίλων.   595

ΦΑΙΔΡΑ

ἀπώλεσέν μ' εἰποῦσα συμφορὰς ἐμάς,
φίλως καλῶς δ' οὐ τήνδ' ἰωμένη νόσον.

ΧΟΡΟΣ

πῶς οὖν; τί δράσεις, ὦ παθοῦσ' ἀμήχανα;

ΦΑΙΔΡΑ

οὐκ οἶδα πλὴν ἕν, κατθανεῖν ὅσον τάχος,
τῶν νῦν παρόντων πημάτων ἄκος μόνον.   600

ΙΠΠΟΛΥΤΟΣ

ὦ γαῖα μῆτερ ἡλίου τ' ἀναπτυχαί,
οἵων λόγων ἄρρητον εἰσήκουσ' ὄπα.

ΤΡΟΦΟΣ

σίγησον, ὦ παῖ, πρίν τιν' αἰσθέσθαι βοῆς.

ΙΠΠΟΛΥΤΟΣ

οὐκ ἔστ' ἀκούσας δείν' ὅπως σιγήσομαι.

FEDRA

Discirno: chama-a lena de ignomínias,
alcagueta do tálamo do déspota. 590

CORO

Ai! Infeliz de mim! Alguém traiu-te.
O que te aconselhar?
Ofusca o que era obscuro. Estás perdida!
Amigos te traíram! Ai! 595

FEDRA

Matou-me ao referir a agrura: o afeto
não remedeia nada, se erra em cheio.

CORO

Farás o quê, se estás numa enrascada?

FEDRA

Só há uma solução: antecipar
a morte, único remédio à dor. 600

[Hipólito e a nutriz saem do paço]

HIPÓLITO

Ó Terra mãe, ó Sol, supraluzeiro,
não ouso repetir o que escutei!

NUTRIZ

Cala, menino, antes que ouçam gritos!

HIPÓLITO

Calar, depois de ouvir o que eu ouvi?

ΤΡΟΦΟΣ
ναί, πρός σε τῆσδε δεξιᾶς εὐωλένου.   605

ΙΠΠΟΛΥΤΟΣ
οὐ μὴ προσοίσεις χεῖρα μηδ' ἅψηι πέπλων;

ΤΡΟΦΟΣ
ὦ πρός σε γονάτων, μηδαμῶς μ' ἐξεργάσηι.

ΙΠΠΟΛΥΤΟΣ
τί δ', εἴπερ, ὡς φήις, μηδὲν εἴρηκας κακόν;

ΤΡΟΦΟΣ
ὁ μῦθος, ὦ παῖ, κοινὸς οὐδαμῶς ὅδε.

ΙΠΠΟΛΥΤΟΣ
τά τοι κάλ' ἐν πολλοῖσι κάλλιον λέγειν.   610

ΤΡΟΦΟΣ
ὦ τέκνον, ὅρκους μηδαμῶς ἀτιμάσηις.

ΙΠΠΟΛΥΤΟΣ
ἡ γλῶσσ' ὀμώμοχ', ἡ δὲ φρὴν ἀνώμοτος.

ΤΡΟΦΟΣ
ὦ παῖ, τί δράσεις; σοὺς φίλους διεργάσηι;

ΙΠΠΟΛΥΤΟΣ
ἀπέπτυσ'· οὐδεὶς ἄδικός ἐστί μοι φίλος.

ΤΡΟΦΟΣ
σύγγνωθ'· ἁμαρτεῖν εἰκὸς ἀνθρώπους, τέκνον.   615

NUTRIZ
Sim, peço por teu belo braço destro! 605

HIPÓLITO
Evita pôr as mãos em minhas vestes!

NUTRIZ
Suplico por teus joelhos: não me agridas!

HIPÓLITO
Se não é vil tua fala, por que temes?

NUTRIZ
O caso, filho, não circula em público.

HIPÓLITO
Nada é mais belo que alardear o belo. 610

NUTRIZ
Não desonres, menino, o juramento.

HIPÓLITO
A mente abjura o que jurou a língua.

NUTRIZ
O que farás? Eliminar amigos?

HIPÓLITO
Escarro: não me dou com gente injusta!

NUTRIZ
Sê complacente: errar é humano, filho! 615

ΙΠΠΟΛΥΤΟΣ

ὦ Ζεῦ, τί δὴ κίβδηλον ἀνθρώποις κακὸν
γυναῖκας ἐς φῶς ἡλίου κατώικισας;
εἰ γὰρ βρότειον ἤθελες σπεῖραι γένος,
οὐκ ἐκ γυναικῶν χρῆν παρασχέσθαι τόδε,
ἀλλ' ἀντιθέντας σοῖσιν ἐν ναοῖς βροτοὺς   620
ἢ χαλκὸν ἢ σίδηρον ἢ χρυσοῦ βάρος
παίδων πρίασθαι σπέρμα του τιμήματος,
τῆς ἀξίας ἕκαστον, ἐν δὲ δώμασιν
ναίειν ἐλευθέροισι θηλειῶν ἄτερ.
[νῦν δ' ἐς δόμους μὲν πρῶτον ἄξεσθαι κακὸν   625
μέλλοντες ὄλβον δωμάτων ἐκτίνομεν.]
τούτωι δὲ δῆλον ὡς γυνὴ κακὸν μέγα·
προσθεὶς γὰρ ὁ σπείρας τε καὶ θρέψας πατὴρ
φερνὰς ἀπώικισ', ὡς ἀπαλλαχθῆι κακοῦ.
ὁ δ' αὖ λαβὼν ἀτηρὸν ἐς δόμους φυτὸν   630
γέγηθε κόσμον προστιθεὶς ἀγάλματι
καλὸν κακίστωι καὶ πέπλοισιν ἐκπονεῖ
δύστηνος, ὄλβον δωμάτων ὑπεξελών.
[ἔχει δ' ἀνάγκην· ὥστε κηδεύσας καλῶς
γαμβροῖσι χαίρων σώιζεται πικρὸν λέχος,   635
ἢ χρηστὰ λέκτρα πενθεροὺς δ' ἀνωφελεῖς
λαβὼν πιέζει τἀγαθῶι τὸ δυστυχές.]
ῥᾶιστον δ' ὅτωι τὸ μηδέν· ἀλλ' ἀνωφελὴς
εὐηθίαι κατ' οἶκον ἵδρυται γυνή.
σοφὴν δὲ μισῶ· μὴ γὰρ ἔν γ' ἐμοῖς δόμοις   640
εἴη φρονοῦσα πλείον' ἢ γυναῖκα χρή.
τὸ γὰρ κακοῦργον μᾶλλον ἐντίκτει Κύπρις
ἐν ταῖς σοφαῖσιν· ἡ δ' ἀμήχανος γυνὴ
γνώμηι βραχείαι μωρίαν ἀφηιρέθη.
χρῆν δ' ἐς γυναῖκα πρόσπολον μὲν οὐ περᾶν, 645
ἄφθογγα δ' αὐταῖς συγκατοικίζειν δάκη

HIPÓLITO

Por que trouxeste, Zeus, à luz do sol
o mal da fraude, a fêmea? Se o objetivo
era a propagação da raça humana,
desnecessário fora usar mulheres,
mas que os mortais, depondo em teus santuários   620
ouro infrangível, bronze ou ferro, aos filhos
comprassem na semente pelo preço
conveniente a cada qual, vivendo
em moradias livres, sem a fêmea.
Esvai-se o que amealhamos hoje em casa   625
a fim de introduzir o mal em casa.
É óbvia a magnitude desse mal:
o pai que a gera e cria, a outra casa
com dote a encaminha, e o mal afasta.
Quem introduz no lar a criatura   630
fatal, com adereços orna em gáudio
o ídolo mais vil, com véus, e os bens
familiares, pobre, dilapida.
[De duas uma: ou se vincula em júbilo
a sogros bons, e, amargo, o leito é salvo,   635
ou os sogros não prestam, mas o leito
que é bom compensa o revés com bem.]
É melhor desposar a nulidade,
embora seja inútil a brejeira
sentada em casa. Odeio a sutil.   640
No lar que é meu só pense o necessário!
As atitudes mais rampeiras Cípris
engendra em cerebrais. Mulher toupeira
não alcança a performance mais lúbrica.
Mulher não deveria ter ancila,   645
mas bestas-feras áfonas e ávidas,

θηρῶν, ἵν' εἶχον μήτε προσφωνεῖν τινα
μήτ' ἐξ ἐκείνων φθέγμα δέξασθαι πάλιν.
νῦν δ' †αἱ μὲν ἔνδον δρῶσιν αἱ κακαὶ† κακὰ
βουλεύματ', ἔξω δ' ἐκφέρουσι πρόσπολοι.   650
ὡς καὶ σύ γ' ἡμῖν πατρός, ὦ κακὸν κάρα,
λέκτρων ἀθίκτων ἦλθες ἐς συναλλαγάς·
ἀγὼ ῥυτοῖς νασμοῖσιν ἐξομόρξομαι
ἐς ὦτα κλύζων. πῶς ἂν οὖν εἴην κακός,
ὃς οὐδ' ἀκούσας τοιάδ' ἁγνεύειν δοκῶ;   655
εὖ δ' ἴσθι, τοὐμόν σ' εὐσεβὲς σώιζει, γύναι·
εἰ μὴ γὰρ ὅρκοις θεῶν ἄφαρκτος ἡιρέθην,
οὐκ ἄν ποτ' ἔσχον μὴ οὐ τάδ' ἐξειπεῖν πατρί.
νῦν δ' ἐκ δόμων μέν, ἔστ' ἂν ἐκδημῆι χθονὸς
Θησεύς, ἄπειμι, σῖγα δ' ἕξομεν στόμα·   660
θεάσομαι δὲ σὺν πατρὸς μολὼν ποδὶ
πῶς νιν προσόψηι, καὶ σὺ καὶ δέσποινα σή.
[τῆς σῆς δὲ τόλμης εἴσομαι γεγευμένος.]
ὄλοισθε. μισῶν δ' οὔποτ' ἐμπλησθήσομαι
γυναῖκας, οὐδ' εἴ φησί τίς μ' ἀεὶ λέγειν·   665
ἀεὶ γὰρ οὖν πώς εἰσι κἀκεῖναι κακαί.
ἢ νύν τις αὐτὰς σωφρονεῖν διδαξάτω
ἢ κἄμ' ἐάτω ταῖσδ' ἐπεμβαίνειν ἀεί.

ΦΑΙΔΡΑ
τάλανες ὦ κακοτυχεῖς
γυναικῶν πότμοι·
τίν' ἢ νῦν τέχναν ἔχομεν ἢ λόγον   670
σφαλεῖσαι κάθαμμα λύειν λόγου;
ἐτύχομεν δίκας. ἰὼ γᾶ καὶ φῶς·
πᾶι ποτ' ἐξαλύξω τύχας;
πῶς δὲ πῆμα κρύψω, φίλαι;
τίς ἂν θεῶν ἀρωγὸς ἢ τίς ἂν βροτῶν   675

que as impedissem de abrir a boca,
sem delas conseguirem as respostas.
Urdem no lar as vis a vilania
dos planos que, lá fora, a serva os leva. 650
E vens propor-me intimidade, ó pérfida,
com o leito interdito de meu pai?
No jorro da fontana lavarei
meus dois ouvidos. Faz-me parecer
impuro o que escutei. Eu me aviltei! 655
Por minha piedade foste salva.
Se inadvertidamente não jurara,
inteiraria meu pai no caso. Ausente
Teseu deste país, deixo a morada,
mantendo minha boca em silêncio, 660
mas haverei de ver ao seu regresso
como o encaras tu, e tua dona.
[Conhecerei tua audácia, a que provei].
Morrei! Minha ojeriza por mulher
é sem tamanho, mesmo se disserem 665
que me repito. Elas, idem: vis!
Ou lhes ensinam o que é sensatez
ou me permitam sempre atropelá-las.

FEDRA
Triste sina soturna, a das mulheres!
Que técnica usaremos, que palavras
que desatem a trama das palavras? 670
Deparo-me com Dike, a Justa. Ó terra!
Ó luz! Como furtar-me ao revés?
Como ocultar o sofrimento, amigas?
Haverá defensor que se apresente,
deus ou mortal, que aceite ser o cúmplice 675

πάρεδρος ἢ ξυνεργὸς ἀδίκων ἔργων
φανείη; τὸ γὰρ παρ' ἡμῖν πάθος
πέραν δυσεκπέρατον ἔρχεται βίου.
κακοτυχεστάτα γυναικῶν ἐγώ.

ΧΟΡΟΣ

φεῦ φεῦ, πέπρακται, κοὐ κατώρθωνται τέχναι, 680
δέσποινα, τῆς σῆς προσπόλου, κακῶς δ' ἔχει.

ΦΑΙΔΡΑ

ὦ παγκακίστη καὶ φίλων διαφθορεῦ,
οἷ' εἰργάσω με. Ζεύς σε γεννήτωρ ἐμὸς
πρόρριζον ἐκτρίψειεν οὐτάσας πυρί.
οὐκ εἶπον, οὐ σῆς προυνοησάμην φρενός, 685
σιγᾶν ἐφ' οἷσι νῦν ἐγὼ κακύνομαι;
σὺ δ' οὐκ ἀνέσχου· τοιγὰρ οὐκέτ' εὐκλεεῖς
θανούμεθ'. ἀλλὰ δεῖ με δὴ καινῶν λόγων·
οὗτος γὰρ ὀργῆι συντεθηγμένος φρένας
ἐρεῖ καθ' ἡμῶν πατρὶ σὰς ἁμαρτίας, 690
ἐρεῖ δὲ Πιτθεῖ τῶι γέροντι συμφοράς,
πλήσει τε πᾶσαν γαῖαν αἰσχίστων λόγων.
ὄλοιο καὶ σὺ χὤστις ἄκοντας φίλους
πρόθυμός ἐστι μὴ καλῶς εὐεργετεῖν.

ΤΡΟΦΟΣ

δέσποιν', ἔχεις μὲν τἀμὰ μέμψασθαι κακά, 695
τὸ γὰρ δάκνον σου τὴν διάγνωσιν κρατεῖ·
ἔχω δὲ κἀγὼ πρὸς τάδ', εἰ δέξηι, λέγειν.
ἔθρεψά σ' εὔνους τ' εἰμί· τῆς νόσου δέ σοι
ζητοῦσα φάρμαχ' ηὗρον οὐχ ἁβουλόμην.
εἰ δ' εὖ γ' ἔπραξα, κάρτ' ἂν ἐν σοφοῖσιν ἦ· 700
πρὸς τὰς τύχας γὰρ τὰς φρένας κεκτήμεθα.

de ações vazias de justiça?
Sombra de mim, o sofrimento guia-me
à dura senda que ultrapassa a vida.
Nenhuma sabe de revés tão grave.

CORO

As técnicas da serva malograram. 680
O caso está encerrado. E acaba mal.

FEDRA

Dizimadora dos amigos, crápula,
fizeste o que comigo? Zeus ancestre
solape tua raiz com seu corisco!
Ao prever teu ardil, não ordenara 685
calasses o que me denigre agora?
Mas não te contiveste, e morrerei
sem brilho: não me ocorre um raciocínio
inédito. Regurgitando ira,
revela ao pai tua *hamartia*, equívoco 690
contrário a mim [Piteu se inteira dele],
e o falatório torpe então se alastra.
Morra contigo quem render auxílio
sem que um amigo o solicite, horrível!

NUTRIZ

Senhora, tens carradas de razão 695
ao criticar-me o equívoco. À mordida
sucumbe a lucidez, mas gostaria
de acrescentar... Te adoro e te criei.
Busquei a droga contra o mal e achei
o que não quis. Ao rol dos sábios o êxito 700
me alçara, pois sucesso mede o espírito.

ΦΑΙΔΡΑ

ἦ γὰρ δίκαια ταῦτα κἀξαρκοῦντά μοι,
τρώσασαν ἡμᾶς εἶτα συγχωρεῖν λόγοις;

ΤΡΟΦΟΣ

μακρηγοροῦμεν· οὐκ ἐσωφρόνουν ἐγώ.
ἀλλ' ἔστι κἀκ τῶνδ' ὥστε σωθῆναι, τέκνον.   705

ΦΑΙΔΡΑ

παῦσαι λέγουσα· καὶ τὰ πρὶν γὰρ οὐ καλῶς
παρῄνεσάς μοι κἀπεχείρησας κακά.
ἀλλ' ἐκποδὼν ἄπελθε καὶ σαυτῆς πέρι
φρόντιζ'· ἐγὼ δὲ τἀμὰ θήσομαι καλῶς.
ὑμεῖς δέ, παῖδες εὐγενεῖς Τροζήνιαι,   710
τοσόνδε μοι παράσχετ' ἐξαιτουμένηι·
σιγῆι καλύψαθ' ἁνθάδ' εἰσηκούσατε.

ΧΟΡΟΣ

ὄμνυμι σεμνὴν Ἄρτεμιν, Διὸς κόρην,
μηδὲν κακῶν σῶν ἐς φάος δείξειν ποτέ.

ΦΑΙΔΡΑ

καλῶς ἐλέξαθ'· ἓν δὲ †προτρέπουσ' ἐγὼ†   715
εὕρημα δή τι τῆσδε συμφορᾶς ἔχω
ὥστ' εὐκλεᾶ μὲν παισὶ προσθεῖναι βίον
αὐτή τ' ὄνασθαι πρὸς τὰ νῦν πεπτωκότα.
οὐ γάρ ποτ' αἰσχυνῶ γε Κρησίους δόμους
οὐδ' ἐς πρόσωπον Θησέως ἀφίξομαι   720
αἰσχροῖς ἐπ' ἔργοις οὕνεκα ψυχῆς μιᾶς.

FEDRA

Mas pensas que isso é justo e que, depois
de me ferir, teu palavrório baste?

NUTRIZ

Urge por fim à arenga! Se não fui
prudente, ainda podes te salvar.

FEDRA

Nem mais um pio! Artífice de horrores,
teus últimos conselhos foram péssimos.
Some da minha frente e vai cuidar
do que é teu! Me ocupo do que é meu.
E quanto à vós, trezenas de alta estirpe,
eis no que se resume o meu pedido:
ocultai no silêncio o que foi dito!

CORO

Prole de Zeus augusta, evoco Ártemis:
manterei entre nós teu dissabor!

FEDRA

Aprovo o que disseste. Acrescento
que já encontrei saída para a agrura,
capaz de assegurar bom nome aos filhos
e a mim vantagem diante da catástrofe.
Não hei de macular meu lar em Creta,
tampouco hei de mirar Teseu, após
o horror que pratiquei, por minha vida.

ΧΟΡΟΣ
μέλλεις δὲ δὴ τί δρᾶν ἀνήκεστον κακόν;

ΦΑΙΔΡΑ
θανεῖν· ὅπως δέ, τοῦτ' ἐγὼ βουλεύσομαι.

ΧΟΡΟΣ
εὔφημος ἴσθι.

ΦΑΙΔΡΑ
καὶ σύ γ' εὖ με νουθέτει.
ἐγὼ δὲ Κύπριν, ἥπερ ἐξόλλυσί με, 725
ψυχῆς ἀπαλλαχθεῖσα τῆιδ' ἐν ἡμέραι
τέρψω· πικροῦ δ' ἔρωτος ἡσσηθήσομαι.
ἀτὰρ κακόν γε χἀτέρωι γενήσομαι
θανοῦσ', ἵν' εἰδῆι μὴ 'πὶ τοῖς ἐμοῖς κακοῖς
ὑψηλὸς εἶναι· τῆς νόσου δὲ τῆσδέ μοι 730
κοινῆι μετασχὼν σωφρονεῖν μαθήσεται.

ΧΟΡΟΣ
ἠλιβάτοις ὑπὸ κευθμῶσι γενοίμαν,
ἵνα με πτεροῦσσαν ὄρνιν
θεὸς ἐν ποταναῖς
ἀγέλαις θείη· 735
ἀρθείην δ' ἐπὶ πόντιον
κῦμα τᾶς Ἀδριηνᾶς
ἀκτᾶς Ἠριδανοῦ θ' ὕδωρ,
ἔνθα πορφύρεον σταλάσ-
σουσ' ἐς οἶδμα τάλαιναι

CORO
Que mal incontornável pões em prática?

FEDRA
Suicido-me... O modo, ainda cogito.

CORO
Sê positiva!

FEDRA
Mas haverá melhor saída?
Alegrarei quem me arruína, Cípris, 725
ao estancar o sopro que em mim vive
nesta jornada. O amor venceu-me amaro.
Alguém mais haverá de padecer
com minha ausência. Empáfia não revela
com meu pesar. Da doença que padeço 730
partilha e aprende a ter melhor discrime.

   [Entra no palácio]

CORO
Vivera nos baixios da gruta íngreme
onde um nume de mim fizesse
ave alada
no entremeio da plêiade em seu revoo. 735
Sobrevoara a crista oceânica
margeando a encosta adriática
e as águas do Erídano,
onde moças amarguradas
condoídas de Faetonte

κόραι Φαέθοντος οἴκτωι δακρύων 740
τὰς ἠλεκτροφαεῖς αὐγάς·

Ἑσπερίδων δ' ἐπὶ μηλόσπορον ἀκτὰν
ἀνύσαιμι τᾶν ἀοιδῶν,
ἵν' ὁ πορφυρέας πον-
τομέδων λίμνας
ναύταις οὐκέθ' ὁδὸν νέμει, 745
σεμνὸν τέρμονα κυρῶν
οὐρανοῦ, τὸν Ἄτλας ἔχει,
κρῆναί τ' ἀμβρόσιαι χέον-
ται Ζηνὸς παρὰ κοίταις,
ἵν' ὀλβιόδωρος αὔξει ζαθέα 750
χθὼν εὐδαιμονίαν θεοῖς.

ὦ λευκόπτερε Κρησία
πορθμίς, ἃ διὰ πόντιον
κῦμ' ἁλίκτυπον ἅλμας
ἐπόρευσας ἐμὰν ἄνασσαν ὀλβίων ἀπ' οἴκων 755
κακονυμφοτάταν ὄνασιν·
ἦ γὰρ ἀπ' ἀμφοτέρων οἱ Κρησίας <τ'> ἐκ γᾶς
δυσόρνις
ἔπτατο κλεινὰς Ἀθήνας Μουνίχου τ' ἀ- 760
κταῖσιν ἐκδήσαντο πλεκτὰς πεισμάτων ἀρ-
χὰς ἐπ' ἀπείρου τε γᾶς ἔβασαν.

instilam na púrpura das vagas
o âmbar de lágrimas cintilantes.[14]

Descortinara a orla das maçãs
que aquinhoam as sonoras Hespérides,
onde o regente do mar violeta
não mais conduz
o nauta rota adentro
fixando o termo sacro do céu urânio
sustido por Atlas.
Jorram mananciais ambrosíacos
rentes ao tálamo do Cronida,
onde a leiva diva, doadora de opulência,
viceja, aos numes, a Ventura.

Ó nau cretense branquialada!
Singraste a onda salino-sonora do mar salino,
a bordo minha rainha,
solar de fartura para trás,
pela vantagem matridemonial.
O desaugúrio voou da terra de Minos
à notável Atenas
e nas fímbrias do Munico[15]
amarraram a ponta da cordoalha retorcida
para o desembarque no continente.

---

[14] Faetonte, filho do Sol, perde o controle do carro do pai e cai no rio Erídano. As lágrimas das irmãs que o lamentam transformam-se em âmbar. (N. do T.)

[15] Munico: porto ateniense. (N. do T.)

ἀνθ' ὧν οὐχ ὁσίων ἐρώ-
των δεινᾶι φρένας Ἀφροδί- 765
τας νόσωι κατεκλάσθη·
χαλεπᾶι δ' ὑπέραντλος οὖσα συμφορᾶι τεράμνων
ἄπο νυμφιδίων κρεμαστὸν
ἅψεται ἀμφὶ βρόχον λευ-
κᾶι καθαρμόζουσα δειρᾶι, 770
δαίμονα στυγνὸν καταιδεσθεῖσα τάν τ' εὔ-
δοξον ἀνθαιρουμένα φήμαν ἀπαλλάσ-
σουσά τ' ἀλγεινὸν φρενῶν ἔρωτα. 775

ΤΡΟΦΟΣ (ἔσωθεν)
ἰοὺ ἰού·
βοηδρομεῖτε πάντες οἱ πέλας δόμων·
ἐν ἀγχόναις δέσποινα, Θησέως δάμαρ.

ΧΟΡΟΣ
φεῦ φεῦ, πέπρακται· βασιλὶς οὐκέτ' ἔστι δὴ
γυνή, κρεμαστοῖς ἐν βρόχοις ἠρτημένη.

ΤΡΟΦΟΣ
οὐ σπεύσετ'; οὐκ οἴσει τις ἀμφιδέξιον 780
σίδηρον, ὧι τόδ' ἅμμα λύσομεν δέρης;

ΧΟΡΟΣ
φίλαι, τί δρῶμεν; ἦ δοκεῖ περᾶν δόμους
λῦσαί τ' ἄνασσαν ἐξ ἐπισπαστῶν βρόχων;

ΧΟΡΟΣ
— τί δ'; οὐ πάρεισι πρόσπολοι νεανίαι;
τὸ πολλὰ πράσσειν οὐκ ἐν ἀσφαλεῖ βίου. 785

Eis por que, ao desamparo do sacro,
a doença embasbacante de Afrodite 765
fende sua mente.
Duro revés a imerge.
Retesa na viga do quarto nupcial
o liame suspenso
e o ajusta à pálida cerviz. 770
Vexa-a a sina estígia:
prefere a fama de boa nomeada
da ânima, tolhendo o tormento de eros. 775

UMA VOZ *(do interior do palácio)*
Ai!
Há alguém perto do paço? Vem! Ajuda!
A esposa de Teseu se estrangulou.

CORO
Não há o que fazer. Suspensa à corda,
nossa rainha não existe mais.

VOZ *(do interior)*
Depressa! Alguém me traga o gládio afiado, 780
para eu cortar agora o nó da gorja!

HEMICORO A
O que fazer? Entramos no palácio
para cortar o laço que a estrangula?

HEMICORO B
Servos não há no paço que auxiliem?
Às vezes é imprudente intrometer-se. 785

ΤΡΟΦΟΣ

ὀρθώσατ' ἐκτείναντες ἄθλιον νέκυν·
πικρὸν τόδ' οἰκούρημα δεσπόταις ἐμοῖς.

ΧΟΡΟΣ

ὄλωλεν ἡ δύστηνος, ὡς κλύω, γυνή·
ἤδη γὰρ ὡς νεκρόν νιν ἐκτείνουσι δή.

ΘΗΣΕΥΣ

γυναῖκες, ἴστε τίς ποτ' ἐν δόμοις βοὴ 790
†ἠχὼ βαρεῖα προσπόλων† ἀφίκετο;
οὐ γάρ τί μ' ὡς θεωρὸν ἀξιοῖ δόμος
πύλας ἀνοίξας εὐφρόνως προσεννέπειν.
μῶν Πιτθέως τι γῆρας εἴργασται νέον;
πρόσω μὲν ἤδη βίοτος, ἀλλ' ὅμως ἔτ' ἂν 795
λυπηρὸς ἡμῖν τούσδ' ἂν ἐκλίποι δόμους.

ΧΟΡΟΣ

οὐκ ἐς γέροντας ἥδε σοι τείνει τύχη,
Θησεῦ· νέοι θανόντες ἀλγύνουσί σε.

ΘΗΣΕΥΣ

οἴμοι, τέκνων μοι μή τι συλᾶται βίος;

ΧΟΡΟΣ

ζῶσιν, θανούσης μητρὸς ὡς ἄλγιστά σοι. 800

ΘΗΣΕΥΣ

τί φῄς; ὄλωλεν ἄλοχος; ἐκ τίνος τύχης;

VOZ *(do interior)*
Cuidado ao pôr no chão o corpo triste!
Amarga é a guardiã do lar dos chefes!

CORO
A mísera, conforme ouvi, não vive,
pois a acomodam tal e qual cadáver.

[Chega Teseu, acompanhado dos servos]

TESEU
O clamor na morada, o que o causa? 790
O vozerio de ancilas pesa grave.
O alcácer me sonega franquear
os gonzos e refuga o peregrino?
Alguma nova do ancião Piteu?
Se lhe delonga a idade, mas a hipótese 795
de que nos abandone me angustia.

CORO
Não é a sina anciã o que te fere;
Tânatos tolhe jovens: eis tua dor.

TESEU
Se me furtou a vida de um dos filhos?

CORO
Vivem; a mãe morreu, o que te arruína. 800

TESEU
Fedra morreu? Como isso aconteceu?

ΧΟΡΟΣ
βρόχον κρεμαστὸν ἀγχόνης ἀνήψατο.

ΘΗΣΕΥΣ
λύπηι παχνωθεῖσ' ἢ ἀπὸ συμφορᾶς τίνος;

ΧΟΡΟΣ
τοσοῦτον ἴσμεν· ἄρτι γὰρ κἀγὼ δόμους,
Θησεῦ, πάρειμι σῶν κακῶν πενθήτρια. 805

ΘΗΣΕΥΣ
αἰαῖ, τί δῆτα τοῖσδ' ἀνέστεμμαι κάρα
πλεκτοῖσι φύλλοις, δυστυχὴς θεωρὸς ὤν;
χαλᾶτε κλῆιθρα, πρόσπολοι, πυλωμάτων,
ἐκλύεθ' ἁρμούς, ὡς ἴδω πικρὰν θέαν
γυναικός, ἥ με κατθανοῦσ' ἀπώλεσεν. 810

ΧΟΡΟΣ
ἰὼ ἰὼ τάλαινα μελέων κακῶν·
ἔπαθες, εἰργάσω
τοσοῦτον ὥστε τούσδε συγχέαι δόμους,
αἰαῖ τόλμας,
βιαίως θανοῦσ' ἀνοσίωι τε συμφορᾶι, σᾶς χερὸς πάλαισμα μελέας. 815
τίς ἄρα σάν, τάλαιν', ἀμαυροῖ ζόαν;

ΘΗΣΕΥΣ
ὤμοι ἐγὼ πόνων· ἔπαθον, ὦ τάλας,
τὰ μάκιστ' ἐμῶν κακῶν. ὦ τύχα,
ὥς μοι βαρεῖα καὶ δόμοις ἐπεστάθης,
κηλὶς ἄφραστος ἐξ ἀλαστόρων τινός· 820

CORO

Prendeu-se à corda que a estrangula do alto.

TESEU

Não suporta o pesar ou dor diversa?

CORO

Não sei dizer. Acabo de chegar
do lar para carpir contigo o horror. 805

TESEU

Por que cingir-me a fronte com a trança
dos folhames, concluído o sacro périplo?
Removei o ferrolho do portal,
tirai a taramela! Que eu vislumbre
a cena acídula! Seu fim me arruína! 810

[Abertas as portas do paço, vê-se Fedra morta]

CORO

Pobre mulher! Teu mal aturde!
Sofreste, praticaste
o que esboroa a moradia
— Ai! Desatino! —,
esmorecendo brutalmente
no revés nefando! 815
Quem, infeliz, enegreceu tua vida?

TESEU

A agonia me oprime! Nada se
compara ao mal que sofro, miserável!
Revés do acaso, *Tykhe*! Sobreimpões
teu peso em mim, no lar, estigma inviso 820

κατακονὰ μὲν οὖν ἀβίοτος βίου.
κακῶν δ', ὦ τάλας, πέλαγος εἰσορῶ
τοσοῦτον ὥστε μήποτ' ἐκνεῦσαι πάλιν
μηδ' ἐκπερᾶσαι κῦμα τῆσδε συμφορᾶς. 824
τίνι λόγωι, τάλας, τίνι τύχαν σέθεν 826
βαρύποτμον, γύναι, προσαυδῶν τύχω;
ὄρνις γὰρ ὥς τις ἐκ χερῶν ἄφαντος εἶ,
πήδημ' ἐς Ἅιδου κραιπνὸν ὁρμήσασά μοι.
αἰαῖ αἰαῖ, μέλεα μέλεα τάδε πάθη· 830
πρόσωθεν δέ ποθεν ἀνακομίζομαι
τύχαν δαιμόνων ἀμπλακίαισι τῶν
πάροιθέν τινος.

ΧΟΡΟΣ
οὐ σοὶ τάδ', ὦναξ, ἦλθε δὴ μόνωι κακά,
πολλῶν μετ' ἄλλων δ' ὤλεσας κεδνὸν λέχος. 835

ΘΗΣΕΥΣ
τὸ κατὰ γᾶς θέλω, τὸ κατὰ γᾶς κνέφας
μετοικεῖν σκότωι θανών, ὦ τλάμων,
τῆς σῆς στερηθεὶς φιλτάτης ὁμιλίας·
ἀπώλεσας γὰρ μᾶλλον ἢ κατέφθισο.
†τίνος κλύω† πόθεν θανάσιμος τύχα, 840
γύναι, σὰν ἔβα, τάλαινα, κραδίαν;
εἴποι τις ἂν τὸ πραχθέν, ἢ μάτην ὄχλον
στέγει τυραννὸν δῶμα προσπόλων ἐμῶν;
ὤμοι μοι < > σέθεν,
μέλεος, οἷον εἶδον ἄλγος δόμων, 845
οὐ τλητὸν οὐδὲ ῥητόν. ἀλλ' ἀπωλόμην·
ἔρημος οἶκος, καὶ τέκν' ὀρφανεύεται.
<αἰαῖ αἰαῖ,> ἔλιπες ἔλιπες, ὦ φίλα
γυναικῶν ἀρίστα θ' ὁπόσας ὁρᾶι

de *Alástor*, a Vindita. Vivo o des-
-viver da vida. Males encapelam-se,
impedem-me a emersão em sua crista,
vetam transpor a escuma do desastre.
Como denominar, mulher, o fardo 825
de teu fado fatal? Da mão evade
a ave, tal e qual, voando atinges
os ínferos no ímpeto de um salto.
Ai! Infrutuosidade do sofrer! 830
Das lonjuras de algures,
o acaso demoníaco, o azar de *Tykhe*,
experimento por um erro ancestre.

CORO
A perda de uma esposa nobre abate
inúmeros, senhor. Não és o único. 835

TESEU
Quero habitar a escuridão subtérrea,
o breu subtérreo, à mercê de tânatos,
vazio do teu convívio tão querido:
mais que morrer, de mim tiraste a vida.
Quem me esclarece a sina assassina 840
que te atingiu, mulher, o coração?
Ninguém vai me contar o que ocorreu?
O paço encerra em vão profusos fâmulos?
De ti minha amargura (...)
Que angústia se abre a mim na moradia! 845
Suportá-la? Contá-la? Impossível!
Morri! No lar, o vácuo; a prole, órfã.
Ai! Nos deixaste, cara, a nós deixaste;
outra mulher não houve equiparável

φέγγος θ' άλίοιο καὶ νυκτὸς ἀ- 850
στερωπὸν σέλας.

ΧΟΡΟΣ
ὦ τάλας, ὅσον κακὸν ἔχει δόμος·
δάκρυσί μου βλέφαρα καταχυθέντα τέγ-
γεται σᾶι τύχαι.
τὸ δ' ἐπὶ τῶιδε πῆμα φρίσσω πάλαι. 855

ΘΗΣΕΥΣ
ἔα ἔα·
τί δή ποθ' ἥδε δέλτος ἐκ φίλης χερὸς
ἠρτημένη; θέλει τι σημῆναι νέον;
ἀλλ' ἦ λέχους μοι καὶ τέκνων ἐπιστολὰς
ἔγραψεν ἡ δύστηνος, ἐξαιτουμένη;
θάρσει, τάλαινα· λέκτρα γὰρ τὰ Θησέως 860
οὐκ ἔστι δῶμά θ' ἥτις εἴσεισιν γυνή.
καὶ μὴν τύποι γε σφενδόνης χρυσηλάτου
τῆς οὐκέτ' οὔσης οἵδε προσσαίνουσί με.
φέρ' ἐξελίξας περιβολὰς σφραγισμάτων
ἴδω τί λέξαι δέλτος ἥδε μοι θέλει. 865

ΧΟΡΟΣ
φεῦ φεῦ, τόδ' αὖ νεοχμὸν ἐκδοχαῖς
ἐπεισφρεῖ θεὸς κακόν· †ἐμοὶ [μὲν οὖν ἀβίοτος βίου]
τύχα πρὸς τὸ κρανθὲν εἴη τυχεῖν·†
ὀλομένους γάρ, οὐκέτ' ὄντας, λέγω,
φεῦ φεῦ, τῶν ἐμῶν τυράννων δόμους. 870
[ὦ δαῖμον, εἴ πως ἔστι, μὴ σφήληις δόμους,
αἰτουμένης δὲ κλῦθί μου· πρὸς γάρ τινος
οἰωνὸν ὥστε μάντις εἰσορῶ κακόν.]

que vislumbrasse os rútilos do sol 850
e a cintilância à noite das estrelas!

CORO

Ai, infeliz! Que mal domina o lar!
Os olhos vertem lágrimas
que inundam por teu fado.
Faz-me tremer a mágoa que virá. 855

TESEU

Ai!
Da mão que adoro pende um delta em lenho.
Quer me indicar alguma novidade?
Será que roga algo em prol dos filhos
e do esponsal escrito numa epístola?
Não temas, ente triste, pois proíbo 860
o acesso de outra ao nosso leito e paço.
Atrai-me ver o engaste aurilavrado,
a marca que deixou em quem se foi.
Desembaraço o estrambe do sinete
e sei o que me quer dizer o triângulo. 865

CORO

Um nume introduziu um mal que ao de antes
sucede renovado. Impõe-se a sina
e o desviver da vida em minha sina.
Definha, deixa de existir, afirmo,
a morada dos reis a quem servia. 870
[Poupa o solar da ruína, se possível!
Acolhe o rogo, nume! Um mau agouro
entrevislumbro, qual se fora arúspice.]

ΘΗΣΕΥΣ

οἴμοι, τόδ' οἷον ἄλλο πρὸς κακῶι κακόν,
οὐ τλητὸν οὐδὲ λεκτόν· ὦ τάλας ἐγώ. 875

ΧΟΡΟΣ

τί χρῆμα; λέξον, εἴ τί μοι λόγου μέτα.

ΘΗΣΕΥΣ

βοᾶι βοᾶι δέλτος ἄλαστα· πᾶι φύγω
βάρος κακῶν; ἀπὸ γὰρ ὀλόμενος οἴχομαι,
οἷον οἷον εἶδον γραφαῖς μέλος
φθεγγόμενον τλάμων. 880

ΧΟΡΟΣ

αἰαῖ, κακῶν ἀρχηγὸν ἐκφαίνεις λόγον.

ΘΗΣΕΥΣ

τόδε μὲν οὐκέτι στόματος ἐν πύλαις
καθέξω δυσεκπέρατον ὀλοὸν
κακόν· ἰὼ πόλις.
Ἱππόλυτος εὐνῆς τῆς ἐμῆς ἔτλη θιγεῖν 885
βίαι, τὸ σεμνὸν Ζηνὸς ὄμμ' ἀτιμάσας.
ἀλλ', ὦ πάτερ Πόσειδον, ἃς ἐμοί ποτε
ἀρὰς ὑπέσχου τρεῖς, μιᾶι κατέργασαι
τούτων ἐμὸν παῖδ', ἡμέραν δὲ μὴ φύγοι
τήνδ', εἴπερ ἡμῖν ὤπασας σαφεῖς ἀράς. 890

TESEU

Ao mal anterior somou-se outro
[intolerável e impronunciável.]

CORO

Fala, se posso te seguir a fala!

TESEU

Alástor, grita o lenho, a Catástrofe!
Os males pesam: onde refugio-me?
Morri, foi o que vi na melodia
ressoando na grafia. Infeliz!

CORO

Proferes o prelúdio das desgraças.

TESEU

Não mais retenho nos umbrais da boca
o incontornável malefício fúnebre.
Ó cidadela!
Hipólito ousou violentar
meu leito! Agride o olhar de Zeus sublime!
Ara, a Ruína, tripla, prometeste-me
um dia, pai, Posêidon. Cumpre uma:[16]
mata meu filho até o fim do dia,
se for certeira a *Ara* concedida.

---

[16] O verdadeiro pai de Teseu seria Posêidon, e não Egeu. O deus do mar concede ao filho a realização de três pedidos. (N. do T.)

ΧΟΡΟΣ

ἄναξ, ἀπεύχου ταῦτα πρὸς θεῶν πάλιν,
γνώσηι γὰρ αὖθις ἀμπλακών· ἐμοὶ πιθοῦ.

ΘΗΣΕΥΣ

οὐκ ἔστι. καὶ πρός γ' ἐξελῶ σφε τῆσδε γῆς,
δυοῖν δὲ μοίραιν θατέραι πεπλήξεται·
ἢ γὰρ Ποσειδῶν αὐτὸν εἰς Ἅιδου δόμους   895
θανόντα πέμψει τὰς ἐμὰς ἀρὰς σέβων
ἢ τῆσδε χώρας ἐκπεσὼν ἀλώμενος
ξένην ἐπ' αἶαν λυπρὸν ἀντλήσει βίον.

ΧΟΡΟΣ

καὶ μὴν ὅδ' αὐτὸς παῖς σὸς ἐς καιρὸν πάρα
Ἱππόλυτος· ὀργῆς δ' ἐξανεὶς κακῆς, ἄναξ   900
Θησεῦ, τὸ λῶιστον σοῖσι βούλευσαι δόμοις.

ΙΠΠΟΛΥΤΟΣ

κραυγῆς ἀκούσας σῆς ἀφικόμην, πάτερ,
σπουδῆι· τὸ μέντοι πρᾶγμ' ὅτωι στένεις ἔπι
οὐκ οἶδα, βουλοίμην δ' ἂν ἐκ σέθεν κλύειν.
ἔα, τί χρῆμα; σὴν δάμαρθ' ὁρῶ, πάτερ,   905
νεκρόν· μεγίστου θαύματος τόδ' ἄξιον·
ἣν ἀρτίως ἔλειπον, ἣ φάος τόδε
οὔπω χρόνος παλαιὸς εἰσεδέρκετο.
τί χρῆμα πάσχει; τῶι τρόπωι διόλλυται;
πάτερ, πυθέσθαι βούλομαι σέθεν πάρα.   910
σιγᾶις; σιωπῆς δ' οὐδὲν ἔργον ἐν κακοῖς.
[ἡ γὰρ ποθοῦσα πάντα καρδία κλύειν
κἀν τοῖς κακοῖσι λίχνος οὖσ' ἁλίσκεται.]

CORO

Reconsidera, rei, o rogo de *Ara*,
pois logo tomas tento desse equívoco.

TESEU

Jamais! E vou além: daqui o expulso
submisso a uma destas duas moiras:
ou Posêidon, meu pai, o lança ao lar 895
de Hades, sem vida, honrando o que imprequei,
ou daqui refugado, a vida amarga
dissipa errando em solo alienígena.

CORO

Vem a calhar a aparição de Hipólito!
Modera, rei, tua cólera nociva, 900
decide o que é melhor ao teu solar!

[*Hipólito chega acompanhado dos servos*]

HIPÓLITO

Assim que ouvi teu grito, me apressei,
embora ignore a causa dos lamentos,
pai. Poderias me inteirar no assunto?
Mas o que vejo, pai? Tua consorte 905
morreu? Estou completamente atônito!
Acabo de deixá-la, sim!, há pouco
mirava, como nós, a luz. O que houve?
Morreu de que maneira? Quero ouvir,
pai, de ti mesmo. Nada dizes? Não 910
ajuda silenciar na adversidade.
[O coração, tão ávido de ouvir,
revela-se glutão até na ruína.]

οὐ μὴν φίλους γε, κἄτι μᾶλλον ἢ φίλους,
κρύπτειν δίκαιον σάς, πάτερ, δυσπραξίας. 915

ΘΗΣΕΥΣ

ὦ πόλλ' ἁμαρτάνοντες ἄνθρωποι μάτην,
τί δὴ τέχνας μὲν μυρίας διδάσκετε
καὶ πάντα μηχανᾶσθε κἀξευρίσκετε,
ἓν δ' οὐκ ἐπίστασθ' οὐδ' ἐθηράσασθέ πω,
φρονεῖν διδάσκειν οἷσιν οὐκ ἔνεστι νοῦς; 920

ΙΠΠΟΛΥΤΟΣ

δεινὸν σοφιστὴν εἶπας, ὅστις εὖ φρονεῖν
τοὺς μὴ φρονοῦντας δυνατός ἐστ' ἀναγκάσαι.
ἀλλ' οὐ γὰρ ἐν δέοντι λεπτουργεῖς, πάτερ,
δέδοικα μή σου γλῶσσ' ὑπερβάλληι κακοῖς.

ΘΗΣΕΥΣ

φεῦ, χρῆν βροτοῖσι τῶν φίλων τεκμήριον 925
σαφές τι κεῖσθαι καὶ διάγνωσιν φρενῶν,
ὅστις τ' ἀληθής ἐστιν ὅς τε μὴ φίλος,
δισσάς τε φωνὰς πάντας ἀνθρώπους ἔχειν,
τὴν μὲν δικαίαν τὴν δ' ὅπως ἐτύγχανεν,
ὡς ἡ φρονοῦσα τἄδικ' ἐξηλέγχετο 930
πρὸς τῆς δικαίας, κοὐκ ἂν ἠπατώμεθα.

ΙΠΠΟΛΥΤΟΣ

ἀλλ' ἦ τις ἐς σὸν οὖς με διαβαλὼν ἔχει
φίλων, νοσοῦμεν δ' οὐδὲν ὄντες αἴτιοι;
ἔκ τοι πέπληγμαι· σοὶ γὰρ ἐκπλήσσουσί με
λόγοι, παραλλάσσοντες ἔξεδροι φρενῶν. 935

Do amigo, pai, de quem é mais que amigo,
ocultar o desastre é muito injusto.

TESEU

Homens, acúmulo de errores vãos!
Por que ensinar a profusão de técnicas,
por que os achados, por que o virtuosismo,
se não sabeis, sequer vos empenhais
em ensinar a sensatez aos tolos?

HIPÓLITO

Referes-te ao sofista embasbacante,
experto em inculcar o pensamento
em não-pensantes. Não é hora, pai,
de sutileza. O mal destrava a língua.

TESEU

Mortais carecem de sinais que abonem
o amigo e da diagnose de outro espírito,
quem é ou não amigo de verdade.
Possuíra o homem duas vozes, uma
justa, qual fosse, a outra, pois que a justa
refutaria a que especula in-
justiças e ninguém nos fraudaria.

HIPÓLITO

Não entendi. Algum amigo me
caluniou ou sofro sem ter culpa?
Estou estupefato. Estupefica-me
o delírio da fala que deriva.

ΘΗΣΕΥΣ

φεῦ τῆς βροτείας — ποῖ προβήσεται; — φρενός.
τί τέρμα τόλμης καὶ θράσους γενήσεται;
εἰ γὰρ κατ' ἀνδρὸς βίοτον ἐξογκώσεται,
ὁ δ' ὕστερος τοῦ πρόσθεν εἰς ὑπερβολὴν
πανοῦργος ἔσται, θεοῖσι προσβαλεῖν χθονὶ   940
ἄλλην δεήσει γαῖαν ἢ χωρήσεται
τοὺς μὴ δικαίους καὶ κακοὺς πεφυκότας.
σκέψασθε δ' ἐς τόνδ', ὅστις ἐξ ἐμοῦ γεγὼς
ᾔσχυνε τἀμὰ λέκτρα κἀξελέγχεται
πρὸς τῆς θανούσης ἐμφανῶς κάκιστος ὤν.   945
δεῖξον δ', ἐπειδή γ' ἐς μίασμ' ἐλήλυθα,
τὸ σὸν πρόσωπον δεῦρ' ἐναντίον πατρί.
σὺ δὴ θεοῖσιν ὡς περισσὸς ὢν ἀνὴρ
ξύνει; σὺ σώφρων καὶ κακῶν ἀκήρατος;
οὐκ ἂν πιθοίμην τοῖσι σοῖς κόμποις ἐγὼ   950
θεοῖσι προσθεὶς ἀμαθίαν φρονεῖν κακῶς.
ἤδη νυν αὔχει καὶ δι' ἀψύχου βορᾶς
σίτοις καπήλευ' Ὀρφέα τ' ἄνακτ' ἔχων
βάκχευε πολλῶν γραμμάτων τιμῶν καπνούς·
ἐπεί γ' ἐλήφθης. τοὺς δὲ τοιούτους ἐγὼ   955
φεύγειν προφωνῶ πᾶσι· θηρεύουσι γὰρ
σεμνοῖς λόγοισιν, αἰσχρὰ μηχανώμενοι.
τέθνηκεν ἥδε· τοῦτό σ' ἐκσώσειν δοκεῖς;
ἐν τῷδ' ἁλίσκηι πλεῖστον, ὦ κάκιστε σύ·
ποῖοι γὰρ ὅρκοι κρείσσονες, τίνες λόγοι   960
τῆσδ' ἂν γένοιντ' ἄν, ὥστε σ' αἰτίαν φυγεῖν;
μισεῖν σε φήσεις τήνδε, καὶ τὸ δὴ νόθον
τοῖς γνησίοισι πολέμιον πεφυκέναι;
κακὴν ἄρ' αὐτὴν ἔμπορον βίου λέγεις
εἰ δυσμενείαι σῆι τὰ φίλτατ' ὤλεσεν.   965
ἀλλ' ὡς τὸ σῶφρον ἀνδράσιν μὲν οὐκ ἔνι,

TESEU

Aonde há de chegar a mente humana?
O que limita o arroubo e a arrogância?
Se crescem no transcurso de uma vida,
e o sucessor supera o prévio na arte
do embuste, os numes juntem outro mundo 940
ao nosso, cujo espaço então comporte,
além dos sórdidos, quem for injusto.
Olhai o tipo que gerei! Manchou
meu leito e a presença do cadáver
comprova a dimensão de sua baixeza. 945
Mostra — já me atingiu a poluição —
o teu semblante aqui, à minha frente!
És o conviva das deidades, o homem
celestial, sensato e avesso ao mal?
Descreio de tua lábia, e imputar 950
aos deuses ignorância é desatino.
Posa de adepto do regime exânime
vegetariano! Orfeu como tutor,
venera, baco, o fumo dos inúmeros
livros! Pois foste pego. Advirto a todos: 955
evitem gente assim, que vai à caça
com fala sacra e urde sordidez.
Ela morreu. Supões que isso te salve?
É o que mais te incrimina, miserável!
Que juramento, que palavras são 960
mais fortes que ela, a ponto de absolver-te?
Dirás que ela te odiava e que o bastardo
é um inimigo nato dos legítimos?
Fez mau negócio com a vida se,
por te odiar, perdeu o bem mais caro. 965
Afirmas que a lubricidade é inata

γυναιξὶ δ' ἐμπέφυκεν; οἶδ' ἐγὼ νέους
οὐδὲν γυναικῶν ὄντας ἀσφαλεστέρους,
ὅταν ταράξηι Κύπρις ἡβῶσαν φρένα·
τὸ δ' ἄρσεν αὐτοὺς ὠφελεῖ προσκείμενον. 970
νῦν οὖν — τί ταῦτα σοῖς ἁμιλλῶμαι λόγοις
νεκροῦ παρόντος μάρτυρος σαφεστάτου;
ἔξερρε γαίας τῆσδ' ὅσον τάχος φυγάς,
καὶ μήτ' Ἀθήνας τὰς θεοδμήτους μόληις
μήτ' εἰς ὅρους γῆς ἧς ἐμὸν κρατεῖ δόρυ. 975
εἰ γὰρ παθών γέ σου τάδ' ἡσσηθήσομαι,
οὐ μαρτυρήσει μ' Ἴσθμιος Σίνις ποτὲ
κτανεῖν ἑαυτὸν ἀλλὰ κομπάζειν μάτην,
οὐδ' αἱ θαλάσσηι σύννομοι Σκιρωνίδες
φήσουσι πέτραι τοῖς κακοῖς μ' εἶναι βαρύν. 980

ΧΟΡΟΣ
οὐκ οἶδ' ὅπως εἴποιμ' ἂν εὐτυχεῖν τινα
θνητῶν· τὰ γὰρ δὴ πρῶτ' ἀνέστραπται πάλιν.

ΙΠΠΟΛΥΤΟΣ
πάτερ, μένος μὲν ξύντασις τε σῶν φρενῶν
δεινή· τὸ μέντοι πρᾶγμ', ἔχον καλοὺς λόγους,
εἴ τις διαπτύξειεν οὐ καλὸν τόδε. 985
ἐγὼ δ' ἄκομψος εἰς ὄχλον δοῦναι λόγον,
ἐς ἥλικας δὲ κὠλίγους σοφώτερος·
ἔχει δὲ μοῖραν καὶ τόδ'· οἱ γὰρ ἐν σοφοῖς
φαῦλοι παρ' ὄχλωι μουσικώτεροι λέγειν.
ὅμως δ' ἀνάγκη, ξυμφορᾶς ἀφιγμένης, 990
γλῶσσάν μ' ἀφεῖναι. πρῶτα δ' ἄρξομαι λέγειν
ὅθεν μ' ὑπῆλθες πρῶτον ὡς διαφθερῶν
οὐκ ἀντιλέξοντ'. εἰσορᾶις φάος τόδε
καὶ γαῖαν· ἐν τοῖσδ' οὐκ ἔνεστ' ἀνὴρ ἐμοῦ,

na fêmea, estranha ao homem? Sei de moços
não mais inabaláveis que mulheres
até que Cípris lhes confunda a mente,
mas a virilidade lhes convém. 970
Por que me digladiar com tuas parolas,
se o corpo morto é um claro testemunho?
Some daqui, agora, desterrado,
não rumo a Atenas divoedificada,
nem para onde minha espada impere. 975
Se eu cedo a ti depois do que sofri,
Sínis, o ístmio, deixa de atestar
que o assassinei, mas que sou palrador,
nem o penhasco rente ao mar de Círon
dirá como eu esmago gente vil. 980

CORO
Jamais direi de alguém que ele é feliz,
pois tombam até mesmo os principais.

HIPÓLITO
Tensionas tua própria mente, te iras
assustadoramente. A bela fala
não tornaria o caso belo. Falta-me 985
talento para discursar à massa,
mas entre os meus contemporâneos tenho
algum traquejo, se é pequeno o grupo.
Sábios desprezam quem afina a fala
à turba. Mas diante do revés, 990
destravo a língua. Partirei de onde
partiste em teu ataque com o intuito
de me arrasar, de me impedir a réplica.
Sei que discordas, mas, à luz que vês

οὐδ' ἢν σὺ μὴ φῇς, σωφρονέστερος γεγώς. 995
ἐπίσταμαι γὰρ πρῶτα μὲν θεοὺς σέβειν
φίλοις τε χρῆσθαι μὴ ἀδικεῖν πειρωμένοις
ἀλλ' οἷσιν αἰδὼς μήτ' ἐπαγγέλλειν κακὰ
μήτ' ἀνθυπουργεῖν αἰσχρὰ τοῖσι χρωμένοις,
οὐκ ἐγγελαστὴς τῶν ὁμιλούντων, πάτερ, 1.000
ἀλλ' αὐτὸς οὐ παροῦσι κἀγγὺς ὢν φίλοις.
ἑνὸς δ' ἄθικτος, ὧι με νῦν ἔχειν δοκεῖς·
λέχους γὰρ ἐς τόδ' ἡμέρας ἁγνὸν δέμας.
οὐκ οἶδα πρᾶξιν τήνδε πλὴν λόγωι κλύων
γραφῆι τε λεύσσων· οὐδὲ ταῦτα γὰρ σκοπεῖν 1.005
πρόθυμός εἰμι, παρθένον ψυχὴν ἔχων.
καὶ δὴ τὸ σῶφρον τοὐμὸν οὐ πείθει σ'· ἴτω·
δεῖ δή σε δεῖξαι τῶι τρόπωι διεφθάρην.
πότερα τὸ τῆσδε σῶμ' ἐκαλλιστεύετο
πασῶν γυναικῶν; ἢ σὸν οἰκήσειν δόμον 1.010
ἔγκληρον εὐνὴν προσλαβὼν ἐπήλπισα;
μάταιος ἄρ' ἦν, οὐδαμοῦ μὲν οὖν φρενῶν.
ἀλλ' ὡς τυραννεῖν ἡδὺ τοῖσι σώφροσιν;
†ἥκιστά γ', εἰ μὴ† τὰς φρένας διέφθορεν
θνητῶν ὅσοισιν ἁνδάνει μοναρχία. 1.015
ἐγὼ δ' ἀγῶνας μὲν κρατεῖν Ἑλληνικοὺς
πρῶτος θέλοιμ' ἄν, ἐν πόλει δὲ δεύτερος
σὺν τοῖς ἀρίστοις εὐτυχεῖν ἀεὶ φίλοις·
πράσσειν τε γὰρ πάρεστι, κίνδυνός τ' ἀπὼν
κρείσσω δίδωσι τῆς τυραννίδος χάριν. 1.020
ἓν οὐ λέλεκται τῶν ἐμῶν, τὰ δ' ἄλλ' ἔχεις·
εἰ μὲν γὰρ ἦν μοι μάρτυς οἷός εἰμ' ἐγὼ
καὶ τῆσδ' ὁρώσης φέγγος ἠγωνιζόμην,
ἔργοις ἂν εἶδες τοὺς κακοὺς διεξιών·
νῦν δ' ὅρκιόν σοι Ζῆνα καὶ πέδον χθονὸς 1.025
ὄμνυμι τῶν σῶν μήποθ' ἅψασθαι γάμων

ninguém se me equipara em temperança. 995
Primeiro: sei reverenciar os numes;
a gente que frequento evita o crime,
é avessa a solicitações devassas
e à concessão de afagos depravados;
não mofo das pessoas do meu círculo, 1.000
com quem me dá prazer sou sempre o mesmo.
Crês me pegar no que me encontro intacto,
pois que meu corpo até agora é casto.
Conheço esse exercício só de ouvir
falar ou das pinturas. Seu vislumbre 1.005
não me anima: detenho a alma inupta.
Não te convence o meu candor? Paciência!
Indica como então me depravei.
O corpo dela tinha mais beleza
que os das demais? Sonhei em chefiar, 1.010
usurpando tua cama com a herdeira?
Seria um imbecil ou mentecapto.
Ao virtuoso apraz mandar à força?
Não! Só se a monarquia corromper
o juízo do mortal a quem seduz. 1.015
Queria triunfar nos jogos gregos,
ser o segundo na urbe, ter a sorte
de conviver com os melhores sempre.
A ação, quando se exclui o risco, é fonte
de mais satisfação que a tirania. 1.020
Só há um ponto que ficou pendente:
alguém testemunhasse quem sou eu,
presenciasse ela esta defesa,
os fatos mostrariam quem é vil.
Juro por Zeus e pelo solo ctônio, 1.025
jamais vilipendiei teu casamento,

μηδ' ἂν θελῆσαι μηδ' ἂν ἔννοιαν λαβεῖν.
ἦ τἄρ' ὀλοίμην ἀκλεὴς ἀνώνυμος
[ἄπολις ἄοικος, φυγὰς ἀλητεύων χθόνα,]
καὶ μήτε πόντος μήτε γῆ δέξαιτό μου 1.030
σάρκας θανόντος, εἰ κακὸς πέφυκ' ἀνήρ.
τί δ' ἥδε δειμαίνουσ' ἀπώλεσεν βίον
οὐκ οἶδ', ἐμοὶ γὰρ οὐ θέμις πέρα λέγειν·
ἐσωφρόνησε δ' οὐκ ἔχουσα σωφρονεῖν,
ἡμεῖς δ' ἔχοντες οὐ καλῶς ἐχρώμεθα. 1.035

ΧΟΡΟΣ
ἀρκοῦσαν εἶπας αἰτίας ἀποστροφὴν
ὅρκους παρασχών, πίστιν οὐ σμικράν, θεῶν.

ΘΗΣΕΥΣ
ἆρ' οὐκ ἐπωιδὸς καὶ γόης πέφυχ' ὅδε,
ὃς τὴν ἐμὴν πέποιθεν εὐοργησίαι
ψυχὴν κρατήσειν, τὸν τεκόντ' ἀτιμάσας; 1.040

ΙΠΠΟΛΥΤΟΣ
καὶ σοῦ γε ταὐτὰ κάρτα θαυμάζω, πάτερ·
εἰ γὰρ σὺ μὲν παῖς ἦσθ', ἐγὼ δὲ σὸς πατήρ,
ἔκτεινά τοί σ' ἂν κοὐ φυγαῖς ἐζημίουν,
εἴπερ γυναικὸς ἠξίους ἐμῆς θιγεῖν.

ΘΗΣΕΥΣ
ὡς ἄξιον τόδ' εἶπας. οὐχ οὕτω θανῆι, 1.045
ὥσπερ σὺ σαυτῶι τόνδε προὔθηκας νόμον·
ταχὺς γὰρ Ἅιδης ῥᾶιστος ἀνδρὶ δυστυχεῖ·
ἀλλ' ἐκ πατρώιας φυγὰς ἀλητεύων χθονὸς
[ξένην ἐπ' αἶαν λυπρὸν ἀντλήσεις βίον.
μισθὸς γὰρ οὗτός ἐστιν ἀνδρὶ δυσσεβεῖ.] 1.050

nem desejei fazê-lo ou planejá-lo.
Quero morrer anônimo e sem fama,
sem pólis, sem morada, errante, um êxule,
que meu cadáver, terra e mar rejeitem-no, 1.030
se for um mau caráter de nascença!
Se o medo a fez deixar a vida, eis algo
que desconheço e evito comentar.
Mostrou sobriedade sem possuí-la,
de que eu, possuindo, não me utilizei. 1.035

CORO
Revertes bem a acusação: não é
penhor sem peso a invocação dos deuses.

TESEU
Não é um charlatão, um verdadeiro
bruxo, que nutre o intento de se impor
com parcimônia, após me desonrar? 1.040

HIPÓLITO
A mim também me deixas boquiaberto,
pai! Fosses tu meu filho e eu teu pai,
em lugar de exilar, te mataria,
se ousasses abusar de minha esposa.

TESEU
Seria merecido, mas não morres 1.045
conforme a lei que a ti mesmo propões:
o infame opta pela morte rápida,
mas, êxule do solo ancestre, amargas
a vida pervagando no exterior,
mercê a que faz jus o ser sacrílego. 1.050

ΙΠΠΟΛΥΤΟΣ

οἴμοι, τί δράσεις; οὐδὲ μηνυτὴν χρόνον
δέξηι καθ' ἡμῶν, ἀλλά μ' ἐξελᾶις χθονός;

ΘΗΣΕΥΣ

πέραν γε Πόντου καὶ τόπων Ἀτλαντικῶν,
εἴ πως δυναίμην, ὡς σὸν ἐχθαίρω κάρα.

ΙΠΠΟΛΥΤΟΣ

οὐδ' ὅρκον οὐδὲ πίστιν οὐδὲ μάντεων   1.055
φήμας ἐλέγξας ἄκριτον ἐκβαλεῖς με γῆς;

ΘΗΣΕΥΣ

ἡ δέλτος ἥδε κλῆρον οὐ δεδεγμένη
κατηγορεῖ σου πιστά· τοὺς δ' ὑπὲρ κάρα
φοιτῶντας ὄρνις πόλλ' ἐγὼ χαίρειν λέγω.

ΙΠΠΟΛΥΤΟΣ

ὦ θεοί, τί δῆτα τοὐμὸν οὐ λύω στόμα,   1.060
ὅστις γ' ὑφ' ὑμῶν, οὓς σέβω, διόλλυμαι;
οὐ δῆτα· πάντως οὐ πίθοιμ' ἂν οὕς με δεῖ,
μάτην δ' ἂν ὅρκους συγχέαιμ' οὓς ὤμοσα.

ΘΗΣΕΥΣ

οἴμοι, τὸ σεμνὸν ὥς μ' ἀποκτενεῖ τὸ σόν.
οὐκ εἶ πατρώιας ἐκτὸς ὡς τάχιστα γῆς;   1.065

ΙΠΠΟΛΥΤΟΣ

ποῖ δῆθ' ὁ τλήμων τρέψομαι; τίνος ξένων
δόμους ἔσειμι, τῆιδ' ἐπ' αἰτίαι φυγών;

HIPÓLITO

Me exilas sem ao menos dar ao tempo
a chance de aclarar o que ocorreu?

TESEU

Além do mar Euxine, além dos lindes
de Atlas, fora possível, tal meu ódio.

HIPÓLITO

Sem relevar penhor, o vate, a jura,   1.055
me banes desdenhando o julgamento?

TESEU

No delta em lenho não há vaticínios;
a acusação é clara. Às aves sobre-
voando céu acima, o meu bom-dia!

HIPÓLITO

Por que manter cerrada a boca, ó numes,   1.060
se minha devoção por vós me mata?
Jamais convencerei quem deveria,
violando inutilmente o que jurei.

TESEU

Tua afetação acabará comigo.
Por que não somes do país ancestre?   1.065

HIPÓLITO

Aonde irei? Que moradia acolhe
quem se exilou por grave acusação?

ΘΗΣΕΥΣ

ὅστις γυναικῶν λυμεῶνας ἥδεται
ξένους κομίζων καὶ ξυνοικούρους κακῶν.

ΙΠΠΟΛΥΤΟΣ

αἰαῖ, πρὸς ἧπαρ· δακρύων ἐγγὺς τόδε,   1.070
εἰ δὴ κακός γε φαίνομαι δοκῶ τε σοί.

ΘΗΣΕΥΣ

τότε στενάζειν καὶ προγιγνώσκειν σ' ἐχρῆν
ὅτ' ἐς πατρῴαν ἄλοχον ὑβρίζειν ἔτλης.

ΙΠΠΟΛΥΤΟΣ

ὦ δώματ', εἴθε φθέγμα γηρύσαισθέ μοι
καὶ μαρτυρήσαιτ' εἰ κακὸς πέφυκ' ἀνήρ.   1.075

ΘΗΣΕΥΣ

ἐς τοὺς ἀφώνους μάρτυρας φεύγεις σοφῶς·
τὸ δ' ἔργον οὐ λέγον σε μηνύει κακόν.

ΙΠΠΟΛΥΤΟΣ

φεῦ·
εἴθ' ἦν ἐμαυτὸν προσβλέπειν ἐναντίον
στάνθ', ὡς ἐδάκρυσ' οἷα πάσχομεν κακά.

ΘΗΣΕΥΣ

πολλῶι γε μᾶλλον σαυτὸν ἤσκησας σέβειν   1.080
ἢ τοὺς τεκόντας ὅσια δρᾶν δίκαιος ὤν.

ΙΠΠΟΛΥΤΟΣ

ὦ δυστάλαινα μῆτερ, ὦ πικραὶ γοναί·
μηδείς ποτ' εἴη τῶν ἐμῶν φίλων νόθος.

TESEU

A receptiva a estuprador de moças,
afeita às mesmas práticas espúrias.

HIPÓLITO

A entranha ulcera! Mal contenho o pranto, 1.070
se a ti pareço, como crês, um sórdido!

TESEU

Choraras e previras quando ousaste
abusar da consorte de teu pai.

HIPÓLITO

Fora possível, paço, ouvir tua voz
testemunhando em prol de um inocente! 1.075

TESEU

Astuto, evocas testemunhos mudos;
o fato, sem falar, nos diz que és torpe.

HIPÓLITO

Ai!
Pudera contemplar-me frente a frente,
para chorar a ruína que padeço!

TESEU

No culto de ti mesmo te empenhavas, 1.080
impiedoso com quem te gerou.

HIPÓLITO

Ai! Pobre mãe de prole infeliz!
Ninguém que eu ame saiba que é bastardo!

ΘΗΣΕΥΣ

οὐχ ἕλξετ' αὐτόν, δμῶες; οὐκ ἀκούετε
πάλαι ξενοῦσθαι τόνδε προυννέποντά με; 1.085

ΙΠΠΟΛΥΤΟΣ

κλαίων τις αὐτῶν ἆρ' ἐμοῦ γε θίξεται·
σὺ δ' αὐτός, εἴ σοι θυμός, ἐξώθει χθονός.

ΘΗΣΕΥΣ

δράσω τάδ', εἰ μὴ τοῖς ἐμοῖς πείσηι λόγοις·
οὐ γάρ τις οἶκτος σῆς μ' ὑπέρχεται φυγῆς.

ΙΠΠΟΛΥΤΟΣ

ἄραρεν, ὡς ἔοικεν. ὦ τάλας ἐγώ, 1.090
ὡς οἶδα μὲν ταῦτ', οἶδα δ' οὐχ ὅπως φράσω.
ὦ φιλτάτη μοι δαιμόνων Λητοῦς κόρη,
σύνθακε, συγκύναγε, φευξούμεσθα δὴ
κλεινὰς Ἀθήνας. ἀλλὰ χαιρέτω πόλις
καὶ γαῖ' Ἐρεχθέως· ὦ πέδον Τροζήνιον, 1.095
ὡς ἐγκαθηβᾶν πόλλ' ἔχεις εὐδαίμονα,
χαῖρ'· ὕστατον γάρ σ' εἰσορῶν προσφθέγγομαι.
ἴτ', ὦ νέοι μοι τῆσδε γῆς ὁμήλικες,
προσείπαθ' ἡμᾶς καὶ προπέμψατε χθονός·
ὡς οὔποτ' ἄλλον ἄνδρα σωφρονέστερον 1.100
ὄψεσθε, κεἰ μὴ ταῦτ' ἐμῶι δοκεῖ πατρί.

ΧΟΡΟΣ

ἦ μέγα μοι τὰ θεῶν μελεδήμαθ',
ὅταν φρένας ἔλθηι,
λύπας παραιρεῖ· 1.105
ξύνεσιν δέ τιν' ἐλπίδι κεύθων

TESEU

Não fui bem claro, servos? Não ouvis
que há muito anunciei o seu exílio? 1.085

HIPÓLITO

Lamenta quem puser um dedo em mim!
Se é teu intento, expulsa-me tu mesmo!

TESEU

É o que farei, se rejeitares a ordem,
pois não me apiedo da expatriação.

HIPÓLITO

Parece que a sentença é irrevogável. 1.090
Não sei como dizer tudo o que sei.
Filha de Leto, máxima entre as divas,
conviva e sócia na caçada, deixo
a ilustre Atenas. Pólis de Erecteu,
a ti o adeus! Trezena, esteio infindo 1.095
de venturança à efebia, adeus!
Despeço-me, à contemplação final!
Jovens de minha escolta terra afora,
partimos! Despedi daqui, amigos!
Jamais vereis alguém mais ponderado, 1.100
ainda que meu pai pense o contrário.

[Hipólito afasta-se com os servos. Teseu entra no paço]

CORO DE SERVOS

Quando um deus carreia à mente refrigério,
alivia enormemente o dissabor,
mas, se alojo a inteligência na esperança, 1.105
abandono-a,

λείπομαι ἔν τε τύχαις θνατῶν καὶ ἐν ἔργμασι λεύσσων·
ἄλλα γὰρ ἄλλοθεν ἀμεί-
βεται, μετὰ δ' ἵσταται ἀνδράσιν αἰὼν
πολυπλάνητος αἰεί.   1.110

εἴθε μοι εὐξαμέναι θεόθεν
τάδε μοῖρα παράσχοι,
τύχαν μετ' ὄλβου καὶ ἀκήρατον ἄλγεσι θυμόν·
δόξα δὲ μήτ' ἀτρεκὴς μήτ' αὖ παράσημος ἐνείη,   1.115
ῥᾴδια δ' ἤθεα τὸν αὔ-
ριον μεταβαλλομένα χρόνον αἰεὶ
βίον συνευτυχοίην.

οὐκέτι γὰρ καθαρὰν φρέν' ἔχω,
παρὰ δ' ἐλπίδ' ἃ λεύσσω·   1.120
ἐπεὶ τὸν Ἑλλανίας
φανερώτατον ἀστέρ' Ἀφαίας
εἴδομεν εἴδομεν ἐκ πατρὸς ὀργᾶς
ἄλλαν ἐπ' αἶαν ἱέμενον.   1.125
ὦ ψάμαθοι πολιήτιδος ἀκτᾶς,
ὦ δρυμὸς ὄρεος ὅθι κυνῶν
ὠκυπόδων μέτα θῆρας ἔναιρεν
Δίκτυνναν ἀμφὶ σεμνάν.   1.130

οὐκέτι συζυγίαν πώλων Ἐνετᾶν ἐπιβάσηι
τὸν ἀμφὶ Λίμνας τρόχον κατέχων ποδὶ
γυμνάδος ἵππου·
μοῦσα δ' ἄυπνος ὑπ' ἄντυγι χορδᾶν   1.135
λήξει πατρῶιον ἀνὰ δόμον·
ἀστέφανοι δὲ κόρας ἀνάπαυλαι

à visão do acaso e do afazer do homem:
o câmbio ocorre de infinitos pontos
e *aion*, o tempo do viver, se altera
plurierrante sempre. 1.110

Que a moira dos numes conceda a mim solícito
o acaso frutuoso
e a ânima imune à dor que a anule.
A rigidez se exclua de meu ponto de vista 1.115
cuja cunhagem não falseie,
o jeito fléxil mude ao tempo que desponta,
o acaso sempre benfazeje *bios*: o viver.

Não trago mais na mente a fluidez,
margeia a esperança o que vislumbro, 1.120
desde que o fanal plurifúlgido de Atenas
vimos removido a outras cercanias
pelo pai em fúria.
Ó arenosa fímbria da cidade, 1.125
selva do penedo,
onde, ladeado por cães de pés velozes,
dizimava feras,
companheiro da venerável Dictina. 1.130

Não mais galopas a parelha de potros vênetos,
arena da laguna plena de patas de palafréns
adestrados.
Cala no solar ancestre, 1.135
sob o dedilhar das cordas, a Musa insone.
Carecem de grinaldas as plagas da prole de Leto

Λατοῦς βαθεῖαν ἀνὰ χλόαν·
νυμφιδία δ' ἀπόλωλε φυγᾶι σᾶι   1.140
λέκτρων ἅμιλλα κούραις.

ἐγὼ δὲ σᾶι δυστυχίαι
δάκρυσιν διοίσω πότμον
ἄποτμον. ὦ τάλαινα μᾶ-
τερ, ἔτεκες ἀνόνατα· φεῦ,   1.145
μανίω θεοῖσιν.
ἰὼ ἰώ·
συζύγιαι Χάριτες,
τί τὸν τάλαν' ἐκ πατρίας γᾶς
οὐδὲν ἄτας αἴτιον
πέμπετε τῶνδ' ἀπ' οἴκων;   1.150

— καὶ μὴν ὀπαδὸν Ἱππολύτου τόνδ' εἰσορῶ
σπουδῆι σκυθρωπὸν πρὸς δόμους ὁρμώμενον.

ΑΓΓΕΛΟΣ
ποῖ γῆς ἄνακτα τῆσδε Θησέα μολὼν
εὕροιμ' ἄν, ὦ γυναῖκες; εἴπερ ἴστε μοι
σημήνατ'· ἆρα τῶνδε δωμάτων ἔσω;   1.155

ΧΟΡΟΣ
ὅδ' αὐτὸς ἔξω δωμάτων πορεύεται.

ΑΓΓΕΛΟΣ
Θησεῦ, μερίμνης ἄξιον φέρω λόγον
σοὶ καὶ πολίταις οἵ τ' Ἀθηναίων πόλιν
ναίουσι καὶ γῆς τέρμονας Τροζηνίας.

no verdor que se aprofunda.
O desterro acarreta o fim
do pleito das moças por teu leito. 1.140

Dita desdita será a que pesa
em meu pranto pelo teu revés.
Mater amara,
inútil gestação! 1.145
Fúria contra os numes!
Ai!
Cárites, no enleio em que dançam,
por que refugais, palácio afora,
o infeliz,
nada culpado de *Ate*, a Catástrofe? 1.150

Mas descortino um sequaz de Hipólito,
às pressas, circunspecto, rumo ao paço.

MENSAGEIRO
Senhoras, onde posso achar o rei
Teseu? Quem sabe me dizer? Requeiro
resposta urgente. Encontra-se no paço? 1.155

CORO
Eis que sai do solar pessoalmente.

MENSAGEIRO
Trago notícia prenhe de aflição,
a ti, aos moradores das lonjuras
de Trezena e da pólis ateniense.

115

ΘΗΣΕΥΣ
τί δ' ἔστι; μῶν τις συμφορὰ νεωτέρα 1.160
δισσὰς κατείληφ' ἀστυγείτονας πόλεις;

ΑΓΓΕΛΟΣ
Ἱππόλυτος οὐκέτ' ἔστιν, ὡς εἰπεῖν ἔπος·
δέδορκε μέντοι φῶς ἐπὶ σμικρᾶς ῥοπῆς.

ΘΗΣΕΥΣ
πρὸς τοῦ; δι' ἔχθρας μῶν τις ἦν ἀφιγμένος
ὅτου κατῄσχυν' ἄλοχον ὡς πατρὸς βίαι; 1.165

ΑΓΓΕΛΟΣ
οἰκεῖος αὐτὸν ὤλεσ' ἁρμάτων ὄχος
ἀραί τε τοῦ σοῦ στόματος, ἃς σὺ σῶι πατρὶ
πόντου κρέοντι παιδὸς ἠράσω πέρι.

ΘΗΣΕΥΣ
ὦ θεοί, Πόσειδόν θ'· ὡς ἄρ' ἦσθ' ἐμὸς πατὴρ
ὀρθῶς, ἀκούσας τῶν ἐμῶν κατευγμάτων. 1.170
πῶς καὶ διώλετ'; εἰπέ, τῶι τρόπωι Δίκης
ἔπαισεν αὐτὸν ῥόπτρον αἰσχύναντά με;

ΑΓΓΕΛΟΣ
ἡμεῖς μὲν ἀκτῆς κυμοδέγμονος πέλας
ψήκτραισιν ἵππων ἐκτενίζομεν τρίχας
κλαίοντες· ἦλθε γάρ τις ἄγγελος λέγων 1.175
ὡς οὐκέτ' ἐν γῆι τῆιδ' ἀναστρέψοι πόδα
Ἱππόλυτος, ἐκ σοῦ τλήμονας φυγὰς ἔχων.
ὁ δ' ἦλθε ταὐτὸν δακρύων ἔχων μέλος
ἡμῖν ἐπ' ἀκτάς, μυρία δ' ὀπισθόπους
φίλων ἅμ' ἔστειχ' ἡλίκων <θ'> ὁμήγυρις. 1.180

116

TESEU

O que ocorreu? Alguma nova agrura 1.160
domina as cidadelas da região?

MENSAGEIRO

Hipólito não mais existe — quase:
vislumbra a luz, mas parco é seu arrimo.

TESEU

Matou-o alguém furioso cuja esposa,
como a do próprio pai, ele estuprou? 1.165

MENSAGEIRO

Seu coche o arruinou e a imprecação
saída de tua boca ao rei do mar,
teu pai, rogando o mal do próprio filho.

TESEU

Posêidon, eras efetivamente
meu pai, pois atendeste ao que roguei. 1.170
Como morreu? De que maneira, Dike,
tão justa, abate com a clava o torpe?

MENSAGEIRO

Rente ao cabo que o pélago açoita,
penteávamos chorando a crina equina,
quando de um núncio ouvimos que aqui 1.175
Hipólito não voltaria a pôr
os pés, pois tua sentença o exilara.
Eis que ele se aproxima de onde estávamos
com séquito de amigos de sua idade,
plangendo uma só música de lágrimas. 1.180

χρόνωι δὲ δή ποτ' εἶπ' ἀπαλλαχθεὶς γόων·
Τί ταῦτ' ἀλύω; πειστέον πατρὸς λόγοις.
ἐντύναθ' ἵππους ἅρμασι ζυγηφόρους,
δμῶες, πόλις γὰρ οὐκέτ' ἔστιν ἥδε μοι.
τοὐνθένδε μέντοι πᾶς ἀνὴρ ἠπείγετο, 1.185
καὶ θᾶσσον ἢ λέγοι τις ἐξηρτυμένας
πώλους παρ' αὐτὸν δεσπότην ἐστήσαμεν.
μάρπτει δὲ χερσὶν ἡνίας ἀπ' ἄντυγος,
αὐταῖς ἐν ἀρβύλαισιν ἁρμόσας πόδας.
καὶ πρῶτα μὲν θεοῖς εἶπ' ἀναπτύξας χέρας· 1.190
Ζεῦ, μηκέτ' εἴην εἰ κακὸς πέφυκ' ἀνήρ·
αἴσθοιτο δ' ἡμᾶς ὡς ἀτιμάζει πατὴρ
ἤτοι θανόντας ἢ φάος δεδορκότας.
κἀν τῶιδ' ἐπῆγε κέντρον ἐς χεῖρας λαβὼν
πώλοις ἁμαρτῆι· πρόσπολοι δ' ὑφ' ἅρματος 1.195
πέλας χαλινῶν εἱπόμεσθα δεσπότηι
τὴν εὐθὺς Ἄργους κἀπιδαυρίας ὁδόν.
ἐπεὶ δ' ἔρημον χῶρον εἰσεβάλλομεν,
ἀκτή τις ἔστι τοὐπέκεινα τῆσδε γῆς
πρὸς πόντον ἤδη κειμένη Σαρωνικόν. 1.200
ἔνθεν τις ἠχὼ χθόνιος, ὡς βροντὴ Διός,
βαρὺν βρόμον μεθῆκε, φρικώδη κλύειν·
ὀρθὸν δὲ κρᾶτ' ἔστησαν οὖς τ' ἐς οὐρανὸν
ἵπποι, παρ' ἡμῖν δ' ἦν φόβος νεανικὸς
πόθεν ποτ' εἴη φθόγγος. ἐς δ' ἁλιρρόθους 1.205
ἀκτὰς ἀποβλέψαντες ἱερὸν εἴδομεν
κῦμ' οὐρανῶι στηρίζον, ὥστ' ἀφηιρέθη
Σκίρωνος ἀκτὰς ὄμμα τοὐμὸν εἰσορᾶν,
ἔκρυπτε δ' Ἰσθμὸν καὶ πέτραν Ἀσκληπιοῦ.
κἄπειτ' ἀνοιδῆσάν τε καὶ πέριξ ἀφρὸν 1.210
πολὺν καχλάζον ποντίωι φυσήματι
χωρεῖ πρὸς ἀκτὰς οὗ τέθριππος ἦν ὄχος.

O tempo aliviou por fim o pranto:
"Por que me angustiar? Me curvo ao pai.
Atrelai os corcéis no coche, servos,
deixei de pertencer a esta cidade!"
E cada um ali presente apressa-se 1.185
e mais veloz que o alcance de uma voz
alguém atrela as potras nos arreios.
Atento apoia os pés no estribo e agarra
as rédeas presas no frontal do carro.
Alçando as mãos, profere aos venturosos: 1.190
"Tira-me a vida, Zeus, se eu for um pérfido!
Meu pai perceba o ultraje que me impôs,
esteja eu morto ou contemplando a luz!"
Empunha a pua e instiga sem tardar
as potras. Nós seguíamos num cortejo 1.195
pela vereda de Argos e Epidauro,
ladeando a carruagem, rente aos freios.
Ao depararmo-nos com leiva erma,
cuja fronteira é a escarpa abrupta, aberta
ao mar sarônico, um trom igual 1.200
trovão de Zeus ribomba nos baixios,
estrondo de fremor a quem o ouviu.
Corcéis empinam testa e orelhas céu
acima e o pânico entre nós domina:
de onde provém o estouro? Ao mirarmos 1.205
a orla undissonante, um vagalhão
aparvalhante pressionava o céu,
tirando-me a visão da praia em Círon;
sumira o istmo e o rochedo Asclépio!
A onda engrossa e cospe escuma a rodo 1.210
e o vórtice marinho a leva até
a orla onde a quadriga resta estática.

αὐτῶι δὲ σὺν κλύδωνι καὶ τρικυμίαι
κῦμ' ἐξέθηκε ταῦρον, ἄγριον τέρας·
οὗ πᾶσα μὲν χθὼν φθέγματος πληρουμένη 1.215
φρικῶδες ἀντεφθέγγετ', εἰσορῶσι δὲ
κρεῖσσον θέαμα δεργμάτων ἐφαίνετο.
εὐθὺς δὲ πώλοις δεινὸς ἐμπίπτει φόβος·
καὶ δεσπότης μὲν ἱππικοῖσιν ἤθεσιν
πολὺς ξυνοικῶν ἥρπασ' ἡνίας χεροῖν, 1.220
ἕλκει δὲ κώπην ὥστε ναυβάτης ἀνήρ,
ἱμᾶσιν ἐς τοὔπισθεν ἀρτήσας δέμας·
αἱ δ' ἐνδακοῦσαι στόμια πυριγενῆ γνάθοις
βίαι φέρουσιν, οὔτε ναυκλήρου χερὸς
οὔθ' ἱπποδέσμων οὔτε κολλητῶν ὄχων 1.225
μεταστρέφουσαι. κεἰ μὲν ἐς τὰ μαλθακὰ
γαίας ἔχων οἴακας εὐθύνοι δρόμον,
προυφαίνετ' ἐς τὸ πρόσθεν, ὥστ' ἀναστρέφειν,
ταῦρος, φόβωι τέτρωρον ἐκμαίνων ὄχον·
εἰ δ' ἐς πέτρας φέροιντο μαργῶσαι φρένας, 1.230
σιγῆι πελάζων ἄντυγι ξυνείπετο,
ἐς τοῦθ' ἕως ἔσφηλε κἀνεχαίτισεν
ἀψῖδα πέτρωι προσβαλὼν ὀχήματος.
σύμφυρτα δ' ἦν ἅπαντα· σύριγγές τ' ἄνω
τροχῶν ἐπήδων ἀξόνων τ' ἐνήλατα, 1.235
αὐτὸς δ' ὁ τλήμων ἡνίαισιν ἐμπλακεὶς
δεσμὸν δυσεξέλικτον ἕλκεται δεθείς,
σποδούμενος μὲν πρὸς πέτραις φίλον κάρα
θραύων τε σάρκας, δεινὰ δ' ἐξαυδῶν κλύειν·
Στῆτ', ὦ φάτναισι ταῖς ἐμαῖς τεθραμμέναι, 1.240
μή μ' ἐξαλείψητ'. ὦ πατρὸς τάλαιν' ἀρά·
τίς ἄνδρ' ἄριστον βούλεται σῶσαι παρών;
πολλοὶ δὲ βουληθέντες ὑστέρωι ποδὶ
ἐλειπόμεσθα. χὠ μὲν ἐκ δεσμῶν λυθεὶς

Do tríplicescarcéu, quando rebenta,
o marouço vomita um monstruoso
touro, e a terra plena de mugidos 1.215
terrivelmente contramuge, e a cena
ia além do que alguém consegue olhar.
Temor aparvalhante doma as potras,
e o líder, hábil em manobras hípicas,
retém as rédeas com as duas mãos 1.220
e as puxa, como o faz com remo o nauta,
pendendo para trás, arcado à brida.
Mas elas mordem o fogoso morso
e o arrastam com violência, indiferentes
à mão do nearco, arreio, carruagem 1.225
de bela escarva. Se ele empunha o leme,
trotando em direção ao solo plano,
o touro surde à frente e, ensandecendo
as potras de pavor, impõe o giro.
Se elas, no arrojo louco buscam rochas, 1.230
calando, o touro roça a lateral
até virar o coche, crinas no ar,
pinas cuspidas contra a pedra. O caos
acoima: voam cubos da engrenagem
e as cavilhas dos eixos. Na maranha 1.235
das rédeas o infeliz é arrastado,
asfixiado por nós inextricáveis,
esmigalhando a testa contra as pedras,
carnes diláceradas, uivos tétricos:
"Deixai que eu viva, potras! Vos nutri 1.240
em minha manjedoura! Maldição
do pai! Ninguém socorre um magno, um *áristos*?"
Muitos queriam, mas não o alcançavam
nossos pés. Conseguiu se desatar

τμητῶν ἱμάντων οὐ κάτοιδ' ὅτωι τρόπωι 1.245
πίπτει, βραχὺν δὴ βίοτον ἐμπνέων ἔτι·
ἵπποι δ' ἔκρυφθεν καὶ τὸ δύστηνον τέρας
ταύρου λεπαίας οὐ κάτοιδ' ὅποι χθονός.
δοῦλος μὲν οὖν ἔγωγε σῶν δόμων, ἄναξ,
ἀτὰρ τοσοῦτόν γ' οὐ δυνήσομαί ποτε, 1.250
τὸν σὸν πιθέσθαι παῖδ' ὅπως ἐστὶν κακός,
οὐδ' εἰ γυναικῶν πᾶν κρεμασθείη γένος
καὶ τὴν ἐν Ἴδηι γραμμάτων πλήσειέ τις
πεύκην· ἐπεί νιν ἐσθλὸν ὄντ' ἐπίσταμαι.

ΧΟΡΟΣ

αἰαῖ, κέκρανται συμφορὰ νέων κακῶν, 1.255
οὐδ' ἔστι μοίρας τοῦ χρεών τ' ἀπαλλαγή.

ΘΗΣΕΥΣ

μίσει μὲν ἀνδρὸς τοῦ πεπονθότος τάδε
λόγοισιν ἤσθην τοῖσδε· νῦν δ' αἰδούμενος
θεούς τ' ἐκεῖνόν θ', οὕνεκ' ἐστὶν ἐξ ἐμοῦ,
οὔθ' ἥδομαι τοῖσδ' οὔτ' ἐπάχθομαι κακοῖς. 1.260

ΑΓΓΕΛΟΣ

πῶς οὖν; κομίζειν, ἢ τί χρὴ τὸν ἄθλιον
δράσαντας ἡμᾶς σῆι χαρίζεσθαι φρενί;
φρόντιζ'· ἐμοῖς δὲ χρώμενος βουλεύμασιν
οὐκ ὠμὸς ἐς σὸν παῖδα δυστυχοῦντ' ἔσηι.

ΘΗΣΕΥΣ

κομίζετ' αὐτόν, ὡς ἰδὼν ἐν ὄμμασιν 1.265
λόγοις τ' ἐλέγξω δαιμόνων τε συμφοραῖς
τὸν τἄμ' ἀπαρνηθέντα μὴ χρᾶναι λέχη.

— como, não sei — do couro das amarras, 1.245
tombando, esfolegando a vida breve.
Ignoro em que lugar do monte as éguas
e o monstro táureo assassino ocultam-se.
Sou mero escravo, rei, do teu solar,
mas nunca poderei acreditar 1.250
em que teu filho não passe de um crápula,
mesmo se a estirpe feminina enforque-se
e alguém encha de escrita os pinhos no Ida,
pois sei que Hipólito era impoluto.

CORO
Cumpriu-se a agrura da mais nova ruína; 1.255
ninguém escapa do que a moira traça.

TESEU
Regozijei-me ao te escutar, imensa
a ojeriza por ele, mas respeito
os deuses e também quem procriei;
não sinto pena nem me apraz seu mal. 1.260

MENSAGEIRO
O que devo fazer? Trazer Hipólito
ou agir de outro modo que te agrade?
Se aceitas o conselho que te dei,
não hás de ser cruel com tua prole.

TESEU
Trazei-o! Quero olhar nos olhos quem 1.265
negou ter maculado minha cama.
Refutam-no argumentos e a ruína.

ΧΟΡΟΣ

σὺ τὰν θεῶν ἄκαμπτον φρένα καὶ βροτῶν
ἄγεις, Κύπρι, σὺν δ' ὁ ποι-
κιλόπτερος ἀμφιβαλὼν 1.270
ὠκυτάτωι πτερῶι·
ποτᾶται δὲ γαῖαν εὐάχητόν θ'
ἁλμυρὸν ἐπὶ πόντον,
θέλγει δ' Ἔρως ὧι μαινομέναι κραδίαι
πτανὸς ἐφορμάσηι χρυσοφαής, 1.275
φύσιν ὀρεσκόων σκύμνων πελαγίων θ'
ὅσα τε γᾶ τρέφει
τά τ' αἰθόμενος ἅλιος δέρκεται
ἄνδρας τε· συμπάντων βασιληίδα τι- 1.280
μάν, Κύπρι,
τῶνδε μόνα κρατύνεις.

ΑΡΤΕΜΙΣ

σὲ τὸν εὐπατρίδην Αἰγέως κέλομαι
παῖδ' ἐπακοῦσαι·
Λητοῦς δὲ κόρη σ' Ἄρτεμις αὐδῶ. 1.285
Θησεῦ, τί τάλας τοῖσδε συνήδηι,
παῖδ' οὐχ ὁσίως σὸν ἀποκτείνας
ψεύδεσι μύθοις ἀλόχου πεισθεὶς
ἀφανῆ; φανερὰν δ' ἔσχεθες ἄτην.
πῶς οὐχ ὑπὸ γῆς τάρταρα κρύπτεις 1.290
δέμας αἰσχυνθείς,
ἢ πτηνὸν ἄω μεταβὰς βίοτον
πήματος ἔξω πόδα τοῦδ' ἀνέχεις;
ὡς ἔν γ' ἀγαθοῖς ἀνδράσιν οὔ σοι
κτητὸν βιότου μέρος ἐστίν. 1.295
ἄκουε, Θησεῦ, σῶν κακῶν κατάστασιν.

CORO

Conduzes a ânima de têmpera dos numes
e dos humanos, Cípris, com
o alipolícromo, 1.270
que asas agílimas cingem:
Eros voa terra acima,
mar salino ecoante acima,
e, em seu voo, deslumbra — aurirradiante! — 1.275
o delirante coração que instiga:
prole da montanha e do oceano,
prole que a terra nutre
as que vislumbram Hélios, como o Sol rutila,
e os homens, o apanágio baliseu que é teu, 1.280
com ele, solitária,
a todos, sem exceção, dominas.

[Ártemis aparece acima do teto do palácio]

ÁRTEMIS

Rogo a atenção,
prole de Egeu ilustre!
Quem se faz escutar é a deusa Ártemis. 1.285
Pobre Teseu, a que vem tua alegria?
A morte de teu filho te macula.
Foste traído pelas falsidades
turvas de Fedra. É clara tua ruína.
Por que motivo não ocultas sob 1.290
o Tártaro teu corpo, constrangido?
Por que não metamorfoseias a vida,
e o pé, sobrepairando, furta à dor?
Pois entre os homens que são bons
careces do quinhão da vida. 1.295
Ouve como se arvora tua catástrofe.

καίτοι προκόψω γ' οὐδέν, ἀλγυνῶ δέ σε·
ἀλλ' ἐς τόδ' ἦλθον, παιδὸς ἐκδεῖξαι φρένα
τοῦ σοῦ δικαίαν, ὡς ὑπ' εὐκλείας θάνηι,
καὶ σῆς γυναικὸς οἶστρον ἢ τρόπον τινὰ   1.300
γενναιότητα. τῆς γὰρ ἐχθίστης θεῶν
ἡμῖν ὅσαισι παρθένειος ἡδονὴ
δηχθεῖσα κέντροις παιδὸς ἠράσθη σέθεν·
γνώμηι δὲ νικᾶν τὴν Κύπριν πειρωμένη
τροφοῦ διώλετ' οὐχ ἑκοῦσα μηχαναῖς,   1.305
ἣ σῶι δι' ὅρκων παιδὶ σημαίνει νόσον.
ὁ δ', ὥσπερ οὖν δίκαιον, οὐκ ἐφέσπετο
λόγοισιν, οὐδ' αὖ πρὸς σέθεν κακούμενος
ὅρκων ἀφεῖλε πίστιν, εὐσεβὴς γεγώς·
ἡ δ' εἰς ἔλεγχον μὴ πέσηι φοβουμένη   1.310
ψευδεῖς γραφὰς ἔγραψε καὶ διώλεσεν
δόλοισι σὸν παῖδ', ἀλλ' ὅμως ἔπεισέ σε.

ΘΗΣΕΥΣ
οἴμοι.

ΑΡΤΕΜΙΣ
δάκνει σε, Θησεῦ, μῦθος; ἀλλ' ἔχ' ἥσυχος,
τοὐνθένδ' ἀκούσας ὡς ἂν οἰμώξηις πλέον.
ἆρ' οἶσθα πατρὸς τρεῖς ἀρὰς ἔχων σαφεῖς;   1.315
ὧν τὴν μίαν παρεῖλες, ὦ κάκιστε σύ,
ἐς παῖδα τὸν σόν, ἐξὸν εἰς ἐχθρῶν τινα.
πατὴρ μὲν οὖν σοι πόντιος φρονῶν καλῶς
ἔδωχ' ὅσονπερ χρῆν, ἐπείπερ ἤινεσεν·
σὺ δ' ἔν τ' ἐκείνωι κἂν ἐμοὶ φαίνηι κακός,   1.320
ὃς οὔτε πίστιν οὔτε μάντεων ὄπα
ἔμεινας, οὐκ ἤλεγξας, οὐ χρόνωι μακρῶι

Nada mais posso que agravar-te a angústia.
Vim para esclarecer a retidão
da mente de teu filho — morto, afame-se! —
e o furor de tua esposa ou, de algum modo,　　　1.300
sua nobreza. A deusa que odiamos
mais, por prazer da virgindade, os dardos
seus ferem Fedra. E ela quis teu filho.
Tentou vencer racionalmente Cípris,
mas dizimou-a um plano da nutriz　　　1.305
que expôs a doença a Hipólito, calado
sob juramento. Ele, reto, corta
o assunto e, mesmo quando impões a pena,
mantém sua palavra: é um nobre nato.
Temendo ser exposta à prova, Fedra　　　1.310
escreve o texto mentiroso e o mata
dolosamente. Assim te persuadiu.

TESEU
Ai!

ÁRTEMIS
Sentes morder o que narrei? Acalma-te:
ouve o resto e teus ais aumentam mais!
Teu pai não cumpriria tuas três　　　1.315
imprecações? Com uma fulminaste
teu filho e não um inimigo, crápula!
Teu pai, senhor marinho, concedeu-te
o prometido: tinha nobre espírito;
mas te mostraste vil a ele e a mim.　　　1.320
Não esperaste a prova nem a voz
de um vate, nem ao escrutínio deste

σκέψιν παρέσχες, ἀλλὰ θᾶσσον ἤ σ' ἐχρῆν
ἀρὰς ἐφῆκας παιδὶ καὶ κατέκτανες.

ΘΗΣΕΥΣ
δέσποιν', ὀλοίμην.

ΑΡΤΕΜΙΣ
δείν' ἔπραξας, ἀλλ' ὅμως 1.325
ἔτ' ἔστι καί σοι τῶνδε συγγνώμης τυχεῖν·
Κύπρις γὰρ ἤθελ' ὥστε γίγνεσθαι τάδε,
πληροῦσα θυμόν. θεοῖσι δ' ὧδ' ἔχει νόμος·
οὐδεὶς ἀπαντᾶν βούλεται προθυμίαι
τῆι τοῦ θέλοντος, ἀλλ' ἀφιστάμεσθ' ἀεί. 1.330
ἐπεί, σάφ' ἴσθι, Ζῆνα μὴ φοβουμένη
οὐκ ἄν ποτ' ἦλθον ἐς τόδ' αἰσχύνης ἐγὼ
ὥστ' ἄνδρα πάντων φίλτατον βροτῶν ἐμοὶ
θανεῖν ἐᾶσαι. τὴν δὲ σὴν ἁμαρτίαν
τὸ μὴ εἰδέναι μὲν πρῶτον ἐκλύει κάκης· 1.335
ἔπειτα δ' ἡ θανοῦσ' ἀνήλωσεν γυνὴ
λόγων ἐλέγχους, ὥστε σὴν πεῖσαι φρένα.
μάλιστα μέν νυν σοὶ τάδ' ἔρρωγεν κακά,
λύπη δὲ κἀμοί· τοὺς γὰρ εὐσεβεῖς θεοὶ
θνήισκοντας οὐ χαίρουσι· τούς γε μὴν κακοὺς 1.340
αὐτοῖς τέκνοισι καὶ δόμοις ἐξόλλυμεν.

ΧΟΡΟΣ
καὶ μὴν ὁ τάλας ὅδε δὴ στείχει,
σάρκας νεαρὰς ξανθόν τε κάρα
διαλυμανθείς. ὦ πόνος οἴκων,
οἷον ἐκράνθη δίδυμον μελάθροις 1.345
πένθος θεόθεν καταληπτόν.

o tempo necessário. Te apressaste
demais ao praguejar, matar teu filho.

TESEU

Senhora, que eu amargue a morte!

ÁRTEMIS

Praticaste algo horrível, 1.325
mas podes merecer algum perdão.
Foi Cípris quem traçou o acontecido,
para saciar a fúria. É lei divina:
ao que decide um deus, nenhum dos outros
deve se opor. Por isso nos abstemos. 1.330
Não temesse o Cronida, eu jamais
incorreria na vergonha extrema
de permitir que um ente tão benquisto
morresse. Quanto ao erro teu, o fato
de ignorá-lo atenua o peso. 1.335
Por outro lado, a esposa suprimiu
provas verbais com sua morte, e assim
te convenceu. Em ti o mal espouca,
mas também me entristeço. Quando morre
um nobre, os numes sofrem o revés. 1.340
Dizimamos os vis, com prole e lar.

[Hipólito entra em cena cambaleante, apoiado nos servos]

CORO

Mas eis que o infeliz desponta,
cabeça loura, compleição jovial
dilaceradas. Lar amargo!
De um deus provém o sofrimento 1.345
duplo que prevalece na morada!

ΙΠΠΟΛΥΤΟΣ
αἰαῖ αἰαῖ·
δύστηνος ἐγώ, πατρὸς ἐξ ἀδίκου
χρησμοῖς ἀδίκοις διελυμάνθην.
ἀπόλωλα τάλας, οἴμοι μοι. 1.350
διά μου κεφαλῆς ἄισσουσ' ὀδύναι
κατά τ' ἐγκέφαλον πηδᾶι σφάκελος·
σχές, ἀπειρηκὸς σῶμ' ἀναπαύσω.
ἒ ἔ·
ὦ στυγνὸν ὄχημ' ἵππειον, ἐμῆς 1.355
βόσκημα χερός,
διά μ' ἔφθειρας, κατὰ δ' ἔκτεινας.
φεῦ φεῦ· πρὸς θεῶν, ἀτρέμα, δμῶες,
χροὸς ἑλκώδους ἅπτεσθε χεροῖν.
τίς ἐφέστηκεν δεξιὰ πλευροῖς; 1.360
πρόσφορά μ' αἴρετε, σύντονα δ' ἕλκετε
τὸν κακοδαίμονα καὶ κατάρατον
πατρὸς ἀμπλακίαις. Ζεῦ Ζεῦ, τάδ' ὁρᾶις;
ὅδ' ὁ σεμνὸς ἐγὼ καὶ θεοσέπτωρ,
ὅδ' ὁ σωφροσύνηι πάντας ὑπερσχών, 1.365
προὖπτον ἐς Ἅιδην στείχω, κατ' ἄκρας
ὀλέσας βίοτον, μόχθους δ' ἄλλως
τῆς εὐσεβίας
εἰς ἀνθρώπους ἐπόνησα.
αἰαῖ αἰαῖ· 1.370
καὶ νῦν ὀδύνα μ' ὀδύνα βαίνει·
μέθετέ με τάλανα,
καί μοι θάνατος παιὰν ἔλθοι.
†προσαπόλλυτέ μ' ὄλλυτε τὸν δυσδαί-
μονα·† ἀμφιτόμου λόγχας ἔραμαι, 1.375
διαμοιρᾶσαι
κατά τ' εὐνᾶσαι τὸν ἐμὸν βίοτον.

HIPÓLITO
Ai!
A injustiça do oráculo de um pai
injusto aniquilou-me. Ai de mim!
Morri! Ai! Infeliz! 1.350
Dores perfuram-me a cabeça,
o espasmo assalta o encéfalo!
Para! Dou trégua ao corpo exausto!
Ai! Ai!
Corcéis do coche tétricos, 1.355
que minha mão nutriu,
me aniquilastes, me destruístes!
Cuidado, asseclas, ao tocar
a pele putrefata! Pelos deuses!
Quem se postou à pleura destra? 1.360
Erguei-me com apuro, apoiai
o moiramara que os equívocos
do pai amaldiçoaram. Zeus, notaste?
Um ser sem mácula, um ser devoto,
alguém cuja sofrósina é súpera, 1.365
ao meu avanço descortino o Hades,
a vida se me foi i-n-t-e-g-r-a-l-m-e-n-t-e.
Inútil o empenho
em desdobrar-me em ser piedoso
com os demais. 1.370
Ai!
A dor... agora... em mim... a dor... avança!
Deixai-me, infeliz!
Avança, tânatos-peã, morte que salva!
Destruí, destruí o sinadverso! 1.375
Requeiro a lâmina bigúmea
moiradizimadora

ὦ πατρὸς ἐμοῦ δύστανος ἀρά·
μιαιφόνον τι σύγγονον
παλαιῶν προγεννη- 1.380
τόρων ἐξορίζεται
κακὸν οὐδὲ μένει,
ἔμολέ τ' ἐπ' ἐμέ — τί ποτε, τὸν οὐδὲν ὄντ' ἐπαίτιον κακῶν;
ἰώ μοί μοι.
τί φῶ; πῶς ἀπαλλά- 1.385
ξω βιοτὰν ἐμὰν
τοῦδ' ἀνάλγητον πάθους;
εἴθε με κοιμάσειε τὸν
δυσδαίμον' Ἅιδα μέλαι-
να νύκτερός τ' ἀνάγκα.

ΑΡΤΕΜΙΣ
ὦ τλῆμον, οἵαι συμφοραὶ συνεζύγης·
τὸ δ' εὐγενές σε τῶν φρενῶν ἀπώλεσεν. 1.390

ΙΠΠΟΛΥΤΟΣ
ἔα·
ὦ θεῖον ὀσμῆς πνεῦμα· καὶ γὰρ ἐν κακοῖς
ὢν ἠισθόμην σου κἀνεκουφίσθην δέμας.
ἔστ' ἐν τόποισι τοισίδ' Ἄρτεμις θεά.

ΑΡΤΕΜΙΣ
ὦ τλῆμον, ἔστι, σοί γε φιλτάτη θεῶν.

ΙΠΠΟΛΥΤΟΣ
ὁρᾶις με, δέσποιν', ὡς ἔχω, τὸν ἄθλιον; 1.395

que me adormente a vida!
Ara, Catástrofe que um pai impreca!
O miasmassassino inato de avoengos   1.380
ascendentes desborda,
não retém o revés,
avança sobre mim — por qual motivo,
se não há mal, algum mal que me inculpe?
Ai!
Direi o quê? Como restituir à vida   1.385
o indolor,
excluída a afecção acerba?
Ananke noturna, Imperativa,
no fusco do Hades,
a mim, o malsinado, estire!

ÁRTEMIS
Que agruras, infeliz, te subjugaram!
O espírito de um nobre te aniquila.   1.390

HIPÓLITO
Ai!
Perfuma a aragem diva! Imerso em males,
mesmo assim me apercebo da presença
de Ártemis — sente alívio o corpo — aqui!

ÁRTEMIS
Sim, infeliz! A deusa a quem mais amas.

HIPÓLITO
Vês meu estado, dama, deplorável?   1.395

ΑΡΤΕΜΙΣ
ὁρῶ· κατ' ὄσσων δ' οὐ θέμις βαλεῖν δάκρυ.

ΙΠΠΟΛΥΤΟΣ
οὐκ ἔστι σοι κυναγὸς οὐδ' ὑπηρέτης.

ΑΡΤΕΜΙΣ
οὐ δῆτ'· ἀτάρ μοι προσφιλής γ' ἀπόλλυσαι.

ΙΠΠΟΛΥΤΟΣ
οὐδ' ἱππονώμας οὐδ' ἀγαλμάτων φύλαξ.

ΑΡΤΕΜΙΣ
Κύπρις γὰρ ἡ πανοῦργος ὧδ' ἐμήσατο. 1.400

ΙΠΠΟΛΥΤΟΣ
οἴμοι, φρονῶ δὴ δαίμον' ἥ μ' ἀπώλεσεν.

ΑΡΤΕΜΙΣ
τιμῆς ἐμέμφθη, σωφρονοῦντι δ' ἤχθετο.

ΙΠΠΟΛΥΤΟΣ
τρεῖς ὄντας ἡμᾶς ὤλεσ', ᾔσθημαι, μία.

ΑΡΤΕΜΙΣ
πατέρα γε καὶ σὲ καὶ τρίτην ξυνάορον.

ΙΠΠΟΛΥΤΟΣ
ᾤμωξα τοίνυν καὶ πατρὸς δυσπραξίας. 1.405

ΑΡΤΕΜΙΣ
ἐξηπατήθη δαίμονος βουλεύμασιν.

ÁRTEMIS
Vejo, mas Têmis, Lei, me veta o choro.

HIPÓLITO
Careces já do caçador e servo...

ÁRTEMIS
Careço, mas, à morte, o amor persiste.

HIPÓLITO
... cavaleiro, quem zele pela estátua.

ÁRTEMIS
A tudo urdiu a astuciosa Cípris. 1.400

HIPÓLITO
Ai! Reconheço o demo que me anula.

ÁRTEMIS
O teu resguardo a irava, e não honrá-la.

HIPÓLITO
Tenho consciência: uma arrasa três.

ÁRTEMIS
Teu pai, tu mesmo, além de sua esposa.

HIPÓLITO
Choro igualmente o fado de meu pai. 1.405

ÁRTEMIS
A decisão de um demo o enganou.

ΙΠΠΟΛΥΤΟΣ
ὦ δυστάλας σὺ τῆσδε συμφορᾶς, πάτερ.

ΘΗΣΕΥΣ
ὄλωλα, τέκνον, οὐδέ μοι χάρις βίου.

ΙΠΠΟΛΥΤΟΣ
στένω σε μᾶλλον ἢ 'μὲ τῆς ἁμαρτίας.

ΘΗΣΕΥΣ
εἰ γὰρ γενοίμην, τέκνον, ἀντὶ σοῦ νεκρός.   1.410

ΙΠΠΟΛΥΤΟΣ
ὦ δῶρα πατρὸς σοῦ Ποσειδῶνος πικρά.

ΘΗΣΕΥΣ
ὡς μήποτ' ἐλθεῖν ὤφελ' ἐς τοὐμὸν στόμα.

ΙΠΠΟΛΥΤΟΣ
τί δ'; ἔκτανές τἄν μ', ὡς τότ' ἦσθ' ὠργισμένος.

ΘΗΣΕΥΣ
δόξης γὰρ ἦμεν πρὸς θεῶν ἐσφαλμένοι.

ΙΠΠΟΛΥΤΟΣ
φεῦ·
εἴθ' ἦν ἀραῖον δαίμοσιν βροτῶν γένος.   1.415

ΑΡΤΕΜΙΣ
ἔασον· οὐ γὰρ οὐδὲ γῆς ὑπὸ ζόφον
θεᾶς ἄτιμοι Κύπριδος ἐκ προθυμίας
ὀργαὶ κατασκήψουσιν ἐς τὸ σὸν δέμας,

HIPÓLITO
Quanta tristeza em teu revés, Teseu!

TESEU
Morri, já não me apraz a vida, filho.

HIPÓLITO
Mais que por mim, pranteio por teus erros.

TESEU
Fora meu o cadáver, não o teu! 1.410

HIPÓLITO
Cruéis benesses de teu pai Posêidon!

TESEU
Jamais tivessem me surgido à boca!

HIPÓLITO
Domado pela fúria, me mataras.

TESEU
Os numes sequestraram-me a razão.

HIPÓLITO
Ai!
Pudéramos amaldiçoar os demos! 1.415

ÁRTEMIS
Deixa estar! Mesmo no trevor subtérreo,
a cólera de Cípris que abateu
o corpo, em decorrência de tua índole

σῆς εὐσεβείας κἀγαθῆς φρενὸς χάριν·
ἐγὼ γὰρ αὐτῆς ἄλλον ἐξ ἐμῆς χερὸς 1.420
ὃς ἂν μάλιστα φίλτατος κυρῆι βροτῶν
τόξοις ἀφύκτοις τοῖσδε τιμωρήσομαι.
σοὶ δ', ὦ ταλαίπωρ', ἀντὶ τῶνδε τῶν κακῶν
τιμὰς μεγίστας ἐν πόλει Τροζηνίαι
δώσω· κόραι γὰρ ἄζυγες γάμων πάρος 1.425
κόμας κεροῦνταί σοι, δι' αἰῶνος μακροῦ
πένθη μέγιστα δακρύων καρπουμένωι·
ἀεὶ δὲ μουσοποιὸς ἐς σὲ παρθένων
ἔσται μέριμνα, κοὐκ ἀνώνυμος πεσὼν
ἔρως ὁ Φαίδρας ἐς σὲ σιγηθήσεται. 1.430
σὺ δ', ὦ γεραιοῦ τέκνον Αἰγέως, λαβὲ
σὸν παῖδ' ἐν ἀγκάλαισι καὶ προσέλκυσαι·
ἄκων γὰρ ὤλεσάς νιν, ἀνθρώποισι δὲ
θεῶν διδόντων εἰκὸς ἐξαμαρτάνειν.
καὶ σοὶ παραινῶ πατέρα μὴ στυγεῖν σέθεν, 1.435
Ἱππόλυτ'· ἔχεις γὰρ μοῖραν ἧι διεφθάρης.
καὶ χαῖρ'· ἐμοὶ γὰρ οὐ θέμις φθιτοὺς ὁρᾶν
οὐδ' ὄμμα χραίνειν θανασίμοισιν ἐκπνοαῖς·
ὁρῶ δέ σ' ἤδη τοῦδε πλησίον κακοῦ.

ΙΠΠΟΛΥΤΟΣ

χαίρουσα καὶ σὺ στεῖχε, παρθέν' ὀλβία· 1.440
μακρὰν δὲ λείπεις ῥαιδίως ὁμιλίαν.
λύω δὲ νεῖκος πατρὶ χρηιζούσης σέθεν·
καὶ γὰρ πάροιθε σοῖς ἐπειθόμην λόγοις.
αἰαῖ, κατ' ὄσσων κιγχάνει μ' ἤδη σκότος·
λαβοῦ πάτερ μου καὶ κατόρθωσον δέμας. 1.445

ΘΗΣΕΥΣ

οἴμοι, τέκνον, τί δρᾶις με τὸν δυσδαίμονα;

e comiseração, terá revide,
pois minha própria mão há de arrojar 1.420
dardos certeiros contra o ser humano
por quem demonstre mais apreço. Mísero,
pelo revés sofrido, honores magnos
terás na cidadela de Trezena:
donzelas pré-nupciais ofertam fios 1.425
da coma que apararem. Colherás
por muito tempo a imensa dor do pranto.
Em tua memória, virgens cantarão
eternamente, e Eros, o que Fedra
sentiu por ti, não silencia anônimo. 1.430
Prole do ancestre Egeu, teu filho estreita
nos braços! Não quiseste assassiná-lo;
é verossímil que homens se equivoquem,
quando essa é uma dádiva divina.
Rogo que não rumines ódio, Hipólito, 1.435
por teu pai, pois tua moira era a morte.
Adeus! Vetado a mim é ver cadáveres
e o bafo morticida enfarruscar-me
a vista. E dessa ruína já não distas.

HIPÓLITO
De ti, augusta virgem, me despeço. 1.440
O longo liame abandonas facil-
-mente. Se pedes, deixo a desavença
com meu pai. Nunca disse um não a ti.
A escuridão atinge-me a visão.
Ajuda, pai, a colocar-me ereto! 1.445

TESEU
O que fazes comigo, um ser sem nume?

ΙΠΠΟΛΥΤΟΣ
ὄλωλα καὶ δὴ νερτέρων ὁρῶ πύλας.

ΘΗΣΕΥΣ
ἦ τὴν ἐμὴν ἄναγνον ἐκλιπὼν χέρα;

ΙΠΠΟΛΥΤΟΣ
οὐ δῆτ', ἐπεί σε τοῦδ' ἐλευθερῶ φόνου.

ΘΗΣΕΥΣ
τί φήις; ἀφίης αἵματός μ' ἐλεύθερον;   1.450

ΙΠΠΟΛΥΤΟΣ
τὴν τοξόδαμνον Ἄρτεμιν μαρτύρομαι.

ΘΗΣΕΥΣ
ὦ φίλταθ', ὡς γενναῖος ἐκφαίνηι πατρί.

ΙΠΠΟΛΥΤΟΣ
ὦ χαῖρε καὶ σύ, χαῖρε πολλά μοι, πάτερ.

ΘΗΣΕΥΣ
οἴμοι φρενὸς σῆς εὐσεβοῦς τε κἀγαθῆς.

ΙΠΠΟΛΥΤΟΣ
τοιῶνδε παίδων γνησίων εὔχου τυχεῖν.   1.455

ΘΗΣΕΥΣ
μή νυν προδῶις με, τέκνον, ἀλλὰ καρτέρει.

HIPÓLITO
Morri e vejo os pórticos dos ínferos.

TESEU
E abandonas a mim com mãos impuras?

HIPÓLITO
Não, pois que te liberto do assassínio.

TESEU
O que disseste? Livre do cruor?   1.450

HIPÓLITO
Ártemis sagitária o testemunhe.

TESEU
Quanta nobreza mostras por teu pai!

HIPÓLITO
Despeço-me de ti também, meu pai.

TESEU
Tua mente excede em rasgo e em desvelo.

HIPÓLITO
Demanda o mesmo à prole consanguínea.   1.455

TESEU
Não me prives de ti! Resiste, filho!

ΙΠΠΟΛΥΤΟΣ

κεκαρτέρηται τἄμ'· ὄλωλα γάρ, πάτερ.
κρύψον δέ μου πρόσωπον ὡς τάχος πέπλοις.

ΘΗΣΕΥΣ

ὦ κλείν' Ἀφαίας Παλλάδος θ' ὁρίσματα,
οἵου στερήσεσθ' ἀνδρός. ὦ τλήμων ἐγώ,   1.460
ὡς πολλά, Κύπρι, σῶν κακῶν μεμνήσομαι.

ΧΟΡΟΣ

κοινὸν τόδ' ἄχος πᾶσι πολίταις
ἦλθεν ἀέλπτως.
πολλῶν δακρύων ἔσται πίτυλος·
τῶν γὰρ μεγάλων ἀξιοπενθεῖς   1.465
φῆμαι μᾶλλον κατέχουσιν.

HIPÓLITO

O vigor se esvaiu. Morri, meu pai.
Encobre-me o semblante com o manto!

TESEU

Gleba de Palas, renomada Atenas,
te privas de homem magno. Amargura! 1.460
O mal que causas, Cípris, não olvido.

> *[Teseu entra no paço.*
> *Servos transportam o corpo de Hipólito]*

CORO

Ninguém se furta na cidade
ao abate da agrura imprevisível.
A convulsão do pranto se sucede:
o raconto dos magnos dignos de lástima 1.465
perdura intensamente.

Hipólito e pensamento abstrato

Trajano Vieira

Para Sófocles, os homens ignoram o sentido do mundo em que se encontram. Os deuses sabem como o destino se configura, enquanto os homens procuram desvendá-lo. Em seu afã de resposta, estes desenham uma trajetória equivocada, embora haja certa grandeza em seu empenho. O personagem que se arruína não suporta que os demais presenciem sua vulnerabilidade e pode se suicidar por isso. É o caso de Ájax, que ritualiza a própria morte, numa cerimônia solitária em que se atira sobre a lança fincada no solo. Sua atitude preserva aspectos fundamentais do herói homérico. Os aqueus não se demovem do intento de construir uma biografia sem pontos fracos. São guardiões de um código de conduta em que os pares lutam pela manutenção do valor de quem enfrenta a morte sem tibieza. Agem como se tivessem um deus dentro de si. Às vezes nos dão a impressão de erigirem uma muralha interna, que blinda o que denominamos âmago. Herói (Édipo) e heroína (Antígone) imergem na introspecção, obcecados pelo projeto de que não arredam pé. A imagem mais extrema dessa atitude é a de Aquiles, que se recusa a alimentar o corpo antes de se vingar dos assassinos de Pátroclo. Solitário, alimenta-se da própria obsessão, numa espécie de ritual de autofagia introspectiva (*Ilíada*, XIX). Talvez não haja silêncio mais expressivo que o desses heróis que lutam para preservar a amizade, os costumes ancestrais e a aura da desmesura. Para eles, a morte não significa propriamente fim, mas coroamento de uma história construída em função da superação de provas. Sabem que seus feitos serão perenes e por isso jamais exibem sinais de fraqueza. Segundo o coro final das *Traquínias*, Zeus conhece o sentido dos acontecimentos, que permanece enigmático aos demais, incansáveis em suas indagações. Édipo obtém estatuto quase divino, ao substituir a busca da verdade pela constatação do limite humano. Com efeito, no *Édipo em Colono*, o personagem isolado, pela cegueira, do mundo sensível, instala-se num espaço sagrado para transubstanciar-se em luz, num rito presenciado apenas por Teseu. Trata-se do personagem mais sereno de Sófocles, que passa a vivenciar a dimensão transcendente em que os fatos deixam de ser peças de um jogo revelador das limitações humanas, para se tornarem elementos de uma estrutura plena de coerência.

Diante da instabilidade incontornável e da impossibilidade de vislumbrar um sentido estável, a prudência torna-se um parâmetro importante no teatro sofocliano. A opacidade do mundo real é muitas vezes apresentada na forma de enigma. Dá-se a chance de interpretar o oráculo, cuja solução parece óbvia à plateia, mas impossível ao personagem isolado em seu tempo. Como Héracles poderia supor que seu algoz seria o monstro que dera o veneno a Dejanira, ofertado como filtro amoroso? O herói esperava encontrar seu antagonista no Hades, onde realizara parte dos doze trabalhos. Ao sobreviver à estada nos ínferos, imagina-se livre do oráculo, de quem ouvira: "tua morte virá de um morto". Era razoável pensar assim, mas o que move a ironia sofocliana é a cisão entre o real e o razoável. A leitura de Sófocles nos faz recordar o fragmento de Heráclito (B 93), segundo o qual "o senhor, cujo oráculo está em Delfos, não fala, nem oculta, mas emite signos". A tentativa de decifrá-los fracassa, por aludirem a um âmbito cujo significado só desponta depois da reviravolta do destino.

Esses traços da poética de Sófocles contrastam com o universo de Eurípides, perpassado por referências ao pensamento especulativo da época, e não pela ironia serena e pela radiância. Protágoras costumava hospedar-se em sua casa e a presença do dramaturgo no círculo socrático é dada como certa. Isso não quer dizer que Eurípides concordasse com pontos centrais da filosofia socrática, como evidenciam os tão discutidos versos 380-5 do *Hipólito*. Cinco anos antes da representação do drama (428 a.C.), ocorreu o encontro entre Protágoras e Sócrates, então com 35 anos de idade, na casa de Cálias, antes portanto do nascimento de Platão (*c.* 428 a.C.), que reconstrói o evento no *Protágoras*. Eurípides faz a personagem apaixonada comentar uma pedra de toque do filósofo, estampada nesse diálogo, segundo a qual "ninguém erra deliberadamente" (argumento examinado em 352 bc). Fedra discordaria de Sócrates, ao afirmar que é possível alguém, mesmo conhecendo racionalmente o bem, preferir se deixar levar pelo prazer. Medeia dissera algo assim em relação ao coração, antes de assassinar os filhos (1.078-80): "Não é que ignore/ a horripilância do que perfarei,/ mas a emoção derrota raciocínios/ e é a causa dos mais graves malefícios". Como Dodds comenta, Eurípides "apresenta-nos homens e mulheres enfrentando desnudadamente o mistério do mal, não mais como algo estranho assaltando sua razão de fora, mas como uma parte de seu próprio ser — ἦθος ἀνθρώπῳ δαίμων"[1] ("o caráter do homem é seu destino", Heráclito, 119 DK).

A passagem do *Hipólito* apresenta formulação desconcertante, pois Fedra começa a elencar os prazeres que poderíamos preferir ao bem, como as longas conversas e o ócio. Surpreendentemente, insere a seguir uma palavra que só com muito esforço intelectual, exibido por inúmeros comentadores há quase um século, consideraríamos efetivamente um prazer: *aidós*, o pudor. O leitor encontrará no ensaio de

---

[1] E. R. Dodds, *The Greeks and the Irrational*, Berkeley, University of California Press, 1951, p. 186.

E. M. Craik[2] ampla discussão sobre o assunto, embora, a esta altura, eu partilhe da seguinte opinião: estaríamos diante de "um enigma sem solução".[3] Como se não bastasse a enumeração embasbacante, somos ainda informados de que esses prazeres são duplos (o que torna ainda mais difícil a compreensão de *aidós*...) e ambíguos. Não fossem ambíguos, arremata Fedra, seriam designados por letras (*grámmata*) diferentes.

A linguagem e o sentido enganoso estão no cerne do *Hipólito*. A tragédia do personagem decorre do fato de Teseu não analisar um texto escrito. A mensagem deixada por Fedra, na qual acusa o enteado de violentá-la, é lida como relato factual, não como enredo ficcional. Trata-se de uma carta na qual Fedra se constrói como personagem da trama em que pretende figurar como vítima. A obra oculta a intenção nefasta da narradora, e Teseu, carente de distanciamento crítico, passa a agir como personagem concebido pela mulher morta. Sua performance é fruto de um texto cuja natureza ficcional lhe escapa. Sabe-se o quanto a escrita começava a ser objeto de reflexão entre os intelectuais da época, e Eurípides elabora a cena tendo em mente questões sobre exegese e gêneros literários.

A obscuridade da linguagem não mais balizada por parâmetros da sociedade heroica também é aludida na peça. Cabe referir, por exemplo, o verso 612, que Aristófanes menciona em três ocasiões (*As Rãs*, 101-2, 1.471; *Tesmoforiantes*, 275-6), o qual, segundo Aristóteles (*Retórica*, 1.416a 28-34), teria provocado a abertura de um processo por parte do obscuro Higiénon contra Eurípides, acusado de impie-

---

[2] "*Aidôs* in Euripides' *Hippolytos* 373-430: Review and Reinterpretation", *The Journal of Hellenic Studies*, vol. 113, 1993, pp. 45-59.

[3] Cf. Ann Norris Michelini, *Euripides and the Tragic Tradition*, Madison, The University of Wisconsin Press, 1987, p. 300.

dade. O que chama a atenção do leitor é que esse verso não tem função dramática na sequência, pois Hipólito, depois de proferi-lo, sequer cogita pôr em prática o que afirma. Assim, ao pronunciar "a mente abjura o que jurou a língua", o autor pretende enfatizar o caráter ambíguo da expressão verbal, mesmo no âmbito jurídico.

Fedra manifesta mal-estar em relação à experiência verbal (395-7). A "[língua,] porta afora,/ é perita em conselhos percucientes,/ mas para si captura males múltiplos". Como em outras passagens, salta aos olhos a terminologia filosófica: *fronémata* ("pensamentos"), *noutheteîn* ("alertar", "esclarecer", *nous* + *thetein*, literalmente "instaurar a lucidez"), *epístatai* ("sabe"). A linguagem proferida na cidade alcança eficiência que malogra no solilóquio. O pensamento ensimesmado, ou, mais precisamente, a sonoridade com que se articula no interior da personagem não resulta em lucidez, mas em embaraço. Registro, de passagem, o arcabouço retórico no qual os versos 391-402 são proferidos, uma paródia da exposição tópica da argumentação analítica. Fedra relata o "percurso do pensamento". Divide-o em três argumentos, antecipados, depois do inicial, com as palavras "segundo" e "terceiro". O registro objetivo surpreende quando lemos, depois da insuficiência dos dois argumentos iniciais, o conteúdo do terceiro (401): "pareceu-me razoável me matar". O suicídio não é ditado pelo descontrole irracional, mas por dedução lógica: "considerando a conjuntura em que estou imersa, prejudicial à minha reputação, depois de analisar as opções, cheguei à conclusão de que o mais adequado para mim será cometer o suicídio". Eis uma reflexão que jamais seria apresentada no palco por Jocasta, Ismene ou Dejanira.

Essa decisão de forte apelo emocional, formulada numa estrutura retórica objetiva, revela um traço específico do autor: o deslocamento de procedimentos argumentativos e de noções filosóficas para situações em que esperaríamos outra abordagem. O procedimento evidencia a modernidade de

Eurípides: o estranhamento causado pelo uso de terminologia técnica do pensamento abstrato. Nas *Bacantes* (200-3), Tirésias emprega o jargão filosófico para caracterizar o pensamento incapaz de apreender a natureza do dionisismo: "Nenhum argumento (*logos*) destruirá o repertório ancestral, ainda que se descubra a sabedoria (*tó sophón*) do espírito (*phrenôn*) em seu acúmen". Numa nota sobre essa passagem, Dodds sugere que a expressão *katabaleî logos* ("argumento destruirá") aludiria ao título de uma obra de Protágoras: *Katabállontes* (denonimado *Logoi*), *Argumentos avassaladores*.[4] Eurípides rejeita a hipótese de algum argumento dar conta do conhecimento implicado na experiência bacante. No verso 1.005, a mesma ideia é retomada, quando o coro afirma não "invejar a sabedoria" (*tó sophón*), acrescentando que seu "júbilo" decorreria da caça de outras "magnitudes" e "manifestações fulgurantes". A experiência dionisíaca prescinde de categorias do pensamento racional. Trata-se de um estado em que os fenômenos manifestariam facetas de outra esfera. No *Héracles* (822-73), num diálogo com Íris, a Loucura (*Lyssa*) resiste a exercer sua prerrogativa, resiste a ser quem é: a insensatez. A mensageira recrimina-a, usando um verbo da linguagem filosófica: *sophroneîn*, "ser sensato". Não foi para "manifestar sensatez" que Hera enviara a Loucura, mas para ensandecer Héracles. O diálogo apresenta um paradoxo, a Loucura manifestando-se sensatamente, através do deslocamento para um âmbito inesperado do verbo comum nas discussões sobre temas abstratos.

Registro que construções paradoxais são recorrentes em Eurípides. Nelas, o que mais se destaca é a concisão. Aristófanes detectou esse recurso do autor, parodiado nos *Acarnenses*. Justipolitano pergunta ao servo se Eurípides está em casa, e dele ouve (397): "Se encontra e não se encontra, se me

---

[4] *Euripides: Bacchae*, organização de E. R. Dodds, Oxford, Oxford University Press, 1960, p. 95.

entendes". Na *Electra* (1.230), a protagonista, ao vestir o corpo da mãe morta, dirige-se a Orestes: "Vê! Bem-querida e malquista,/ envolvemos o corpo no manto". No verso 819 de *Orestes*, o coro profere a expressão *tó kalón ou kalón*: "o belo não é belo". Nas *Bacantes* (395), lemos: "o saber não é sabedoria", e, pouco antes, Cadmo critica Penteu, que resiste a aceitar Dioniso (332): "pensas nada pensando".

No *Hipólito*, caberá à nutriz desempenhar parodicamente a função de sofista. Trata-se de uma personagem cômica inserida no corpo da tragédia. Bernard Knox nota que a nutriz representa "a primeira formulação explícita da nova visão euripidiana da natureza e conduta humana, o credo não heroico".[5] Ela é capaz de tiradas surpreendentes, que provêm do que denominaríamos experiência de vida. Os versos 193-7, ao mesmo tempo em que afirmam a disseminação erótica na vida, consideram a fabulação a marca irredutível e fundamental do homem: "Insanos de erotismo revelamos/ ser pelo que rebrilha terra acima,/ por não sabermos da existência de outra/ vida ou sinal do que se passa no ínfero:/ o que nos move é o mito inócuo". Há de se convir que se trata de uma reflexão que esperaríamos de um personagem de outra esfera.

Não será errado afirmar que o termo em relação ao qual a nutriz revela maior aversão é o advérbio *lían*, "excessivamente", "demasiadamente". A palavra caracteriza a radicalidade do comportamento heroico, rejeitado pela personagem. Numa formulação sintética notável, depois de descartar a "rigidez" na condução da vida (261), a nutriz sentencia: "prezo menos o excesso (*lían*) do que o ínfimo". No verso 467, formula ideia idêntica, empregando mais uma vez *lían*: "não convém despender energia excessiva (*lían*) na vida". Chamo a atenção do leitor para o argumento anterior a esse

---

[5] Bernard Knox, "Second Thoughts in Greek Tragedy", em *Word and Action: Essays on the Ancient Theater*, Baltimore, Johns Hopkins University Press, 1986, p. 240.

verso, em que ela prega o relativismo ético. Como em outras falas da personagem, o tom farsesco mistura-se ao cômico. Enumera casos de relações extraconjugais entre os deuses a fim de quebrar a resistência de Fedra. Para conferir autoridade ao relato, não se restringe a enunciá-los, mas registra que os eruditos em literatura antiga e os que convivem com as musas conheceriam bastante bem o que ela está prestes a expor. Permito-me fazer duas observações sobre essa passagem: a nutriz assume para si o estatuto do poeta e trata os deuses como personagens literários.

Não comentarei nestas notas de leitura a visão de Eurípides sobre os deuses olímpicos, complexa e diversificada. Refiro tão somente o diálogo que Héracles trava com Teseu sobre o assunto. O herói nega o antropomorfismo dos deuses, assim como a intervenção divina no universo humano. De uma perspectiva anti-homérica, não crê na coexistência entre os dois planos. Tudo não passaria de invenção de poetas (*Héracles*, 1.340-6). Recordemos um fato surpreendente a respeito da produção do *Hipólito*. Do que conhecemos do repertório teatral grego, foi a única tragédia resultante de reelaboração temática. Houve portanto dois *Hipólito*. O primeiro, mal recebido em Atenas, é referido jocosamente por Aristófanes nas *Rãs* (1.043). Nele, Fedra é apresentada cruamente como adúltera. Diante do fracasso, o dramaturgo reelabora o *Hipólito* que chegou até nós, com o qual recebeu premiação máxima.[6] Afrodite e Ártemis foram inseridas para embasar a performance de Fedra e Hipólito. O jovem ascético e intransigente, avesso à experiência sexual (no que faz lembrar um discípulo fanático de Antístenes), devoto da casta Ártemis, contrário a louvar Afrodite, é vingado pela deusa do amor, que fomenta em Fedra o desejo incontido pelo en-

---

[6] Em sua edição crítica do *Hipólito*, W. S. Barrett inclui um apêndice esclarecedor sobre o drama perdido: *Hippolytos*, Oxford, Oxford University Press, 1992, pp. 15-45.

teado. A presença esquemática e funcional das duas deusas confere-lhes um valor literário proeminente, despojadas da aura religiosa característica de Sófocles. Se há o esmaecimento da religiosidade convencional, a expressividade literária das duas não esmorece. É, contudo, novo o tratamento a que Eurípides submete as figuras divinas, em que se nota certa tendência a identificar com maior objetividade suas funções. Sem dúvida, essa abordagem reflete os parâmetros do pensamento especulativo que o autor insere em sua produção.

Retomando a fala da nutriz, merece destaque o verso 465: "no rol das coisas sábias entre os homens, existe esta: ocultar o que não é belo". A sabedoria resulta de uma estratégia que leva em conta o que deve ser preservado na aparência. O sábio busca, como o sofista, o que é considerado positivo num contexto específico, não mais a beleza perene e estável. Em sua resposta, Fedra também emprega o advérbio *lían*, atribuindo ao excesso de beleza da fala a destruição dos lares (487). A frase é ambígua, mas, no contexto, *kalós* (belo) está relacionado ao prazeroso. A nutriz consegue o intento de acender o desejo de Fedra que, em conflito consigo mesma, o reprime, opondo ao que é prazeroso de ouvir (488) a atitude responsável pela manutenção do renome. Ao perceber, contudo, seu estado vacilante, a nutriz critica o registro elevado com que sua interlocutora evoca o termo convencional da ética heroica (*eukleés*, 481), arrematando de maneira cortante e num plano rebaixado: "Por que esse tom cerimonioso? Do homem/ precisas, não de frase edulcorada" (490-1). Pragmática e avessa à moralidade aristocrática, a nutriz sofista, hábil em parodiar o fraseado filosófico, procura encontrar solução razoável de seu ponto de vista para a situação de Fedra. Registrei antes a paródia da frase socrática "ninguém erra deliberadamente". Pois note-se a adaptação que a astuciosa nutriz faz desse dito ao tomar ciência da paixão de sua senhora (358-9): "Ainda que não queiram, sábios amam/ o feio".

O vocabulário filosófico não é exclusividade da nutriz, mas se difunde na peça. Chama a atenção, por exemplo, o comentário que Teseu faz contra Hipólito, ao lado do cadáver de Fedra. A situação é de extrema dramaticidade, pois Teseu, após a leitura da carta acusatória, não tem dúvida de que o filho é o responsável pelo suicídio da mulher. Surpreende que, diante desse quadro, o marido enfurecido inicie sua fala com considerações sobre a impotência da técnica retórica e das descobertas científicas, incapazes de ensinar a pensar o destituído de inteligência! Essa paráfrase nem de longe preserva a riqueza do original. Quase todos os termos empregados entre os versos 916-20 têm relação com a filosofia do período. Aludem ao ensino (*didáskete*) das técnicas (*tékhnas*), à capacidade de invenção (*mekhanásthe*) e à descoberta (*ekseurískete*), ao conhecimento fundamentado (*epístasthe*) e à caça da sabedoria (*etherásasthe*); nada disso, arremata Teseu, teria relação com o ensino (*didáskein*) do pensamento (*phroneîn*) aos que não possuem inteligência (*noûs*). Tal digressão teórica destoa da situação em que os dois personagens estão inseridos, ao lado do cadáver da suicida. O contraste entre linguagem especializada e contexto dramático talvez tenha sido a maior contribuição de Eurípides para o teatro grego. O recurso produz distanciamento do público, que se coloca inevitavelmente na posição de analista ou crítico. É como se o efeito dramático da cena fosse de certo modo neutralizado pela linguagem do pensamento abstrato em voga no círculo socrático, de que Eurípides fez parte. O estranhamento resultante radicaliza-se se levarmos em conta que a morte em sua obra não é um acontecimento propriamente trágico, mas hiperdramático. É assim com Penteu, com Héracles e com Hipólito, para citar apenas alguns exemplos. Eurípides leva ao limite o episódio da morte, conferindo-lhe tom artificial justamente para ampliar o efeito da linguagem técnica e abstrata que emprega no seu enquadramento. Note-se, nesse sentido, a reação de Hipólito às palavras do pai. Toma o lugar do leitor, ao manifestar surpresa em relação à terminologia empregada por Teseu. Como nós, identifica o descompasso entre cena dramática e abordagem. Lembremos que ambos ladeiam o corpo de Fedra. E o que diz Hipólito? Observa que o educador ao qual o pai está se referindo é nada mais, nada menos que o "terrível sofista", capaz de impingir o belo pensamento (*phroneîn*) em quem não pensa (*me phronoûntas*)! E, como um perito em análise do discurso, aponta a inconveniência da argumentação: não é o momento, observa, de burilar a linguagem (923: *leptourgeîs*)...

Além desse aspecto central na inovação do gênero trágico levada a cabo por Eurípides, menciono outro traço relevante: a presença de um tom novelesco na construção do enredo, ausente, por exemplo, em Sófocles. Neste, admiramos, como em Homero, a magnitude heroica da defesa de valores sublimes. A morte coroa um processo em que prevalece a ética idealizada defendida por personagens inflexíveis. A loucura de Ájax, por exemplo, nada tem a ver com a loucura de Héracles. Da primeira decorre o silêncio do personagem, que urde o plano de preservar a aura radiante do herói inderrotável, fiel — mesmo no Hades, como lemos no canto XI da *Odisseia* (543-7) —, ao código da amizade e à altivez sublime. Héracles assume a autoria do ato insano como trauma, um drama subjetivo com o qual passa a conviver não mais como herói, mas como humano. Diante do crime que comete, Héracles abdica da vida de herói e opta pela biografia do homem que suporta a dor. O suicídio de Fedra contém a trama epistolar, motivada pela pusilanimidade de uma matrona não correspondida em seu amor. Ao redigir a carta a Teseu, em que acusa falsamente Hipólito, seu objetivo é não apenas preservar o próprio renome, mas causar a morte do enteado. Hipólito, por sua vez, não simboliza propriamente a magnitude do devoto, mas o asceta excêntrico e fanático, arrogante ao rejeitar a experiência dialógica. Em mais um momento paródico da peça, afirma sua preferência pelo discurso entre pares e o desdém pelo ambiente das assembleias (986 ss.). Sócrates, como se sabe, tinha posição idêntica. Os personagens transitam no palco não mais como arquétipos de valores nobres, como Antígone ou Édipo, mas como tipos particulares, portadores da ética da função que desempenham, como é o caso da nutriz, protótipo da alcoviteira prática, adepta do relativismo moral, cujo cinismo realista é sintetizado na seguinte fala (699-701): "Busquei a droga contra o mal e achei/ o que não quis. Ao rol dos sábios o êxito/ me alçara, pois sucesso mede o espírito".

Nas *Rãs*, Eurípides vangloria-se do legado de sua obra. Afirma ter ensinado a população a "usar regras sutis e o esquadro nas palavras/ pensar, raciocinar, retorcer, duvidar/ amar, tecnicizar, mentalizar o mundo..." (956-58), com o que seu antagonista, Ésquilo, concorda: "Não nego". Seus personagens não são apenas o produto da ação que desempenham na trama, mas entes falantes de uma linguagem técnica, repleta de jargões filosóficos, responsável pelo efeito desconcertante, permeado de ironia. Dizia-se na antiguidade que Sócrates, espectador assíduo das montagens de Eurípides, teria se retirado a certa altura do teatro, descontente com a caracterização de um personagem movido pelo relativismo ético. O episódio nunca ocorreu, provavelmente, mas sintetiza o efeito da linguagem empregada pelo poeta. Ao introduzir no palco, muitas vezes de maneira paródica, a sutileza dos raciocínios sofísticos, os procedimentos inéditos de análise argumentativa e os conceitos abstratos sobre a natureza do pensamento, Eurípides expõe a crise por que passava Atenas em função da mudança radical de paradigmas intelectuais. A atualidade do autor decorre da originalidade com que representou a tensão provocada por inovações num ambiente cultural extremamente instável.

Métrica e critérios de tradução

A estrutura métrica da tragédia grega é bastante complexa. Nos diálogos, predomina o trímetro jâmbico, que possui o seguinte esquema:

x—ᵕ— x—ᵕ— x—ᵕ—

Em outros termos, a primeira sílaba do segmento ("pé") pode ser breve ou longa; a segunda, longa; a terceira, breve; a quarta, longa. Essa unidade é repetida três vezes no verso. Em lugar da alternância entre sílabas átonas e tônicas, em grego o ritmo varia entre breve e longa (esta última tendo duas vezes a duração da breve).

Por outro lado, a métrica dos coros é bastante diversificada e apresenta dificuldade ainda maior de escansão, decorrente, entre outros motivos, do acúmulo de elisões e cesuras, bastante comuns nesses entrechos.

Na tradução do *Hipólito*, uso o decassílabo na maior parte dos diálogos, com variação acentual, respeitando os parâmetros rítmicos possíveis para esse tipo de verso em português. Nos episódios corais e nos diálogos que não seguem o padrão do trímetro jâmbico, emprego o verso livre, privilegiando a acentuação nas sílabas pares.

Adotei procedimento semelhante na tradução da *Medeia*, de Eurípides (São Paulo, Editora 34, 2010), onde, numa nota sobre o assunto, incluí alguns comentários.

Sobre o autor

Os dados biográficos sobre Eurípides são escassos e, em sua maioria, fazem parte do anedotário, com base sobretudo no personagem cômico "Eurípides", recorrente na obra de Aristófanes (a alusão, por exemplo, ao fato inverídico de sua mãe ser uma verdureira nas *Tesmoforiantes*...). Durante o período helenístico, turistas estrangeiros eram conduzidos a uma gruta em Salamina onde Eurípides teria dado asas à imaginação, isolado do mundo... Não se sabe ao certo se ele ou um homônimo praticou também a pintura, encontrada em Mégara. Eurípides nasceu em *c.* 480 a.C. na ilha de Salamina e morreu em 406 a.C. na Macedônia, para onde se transferiu em 408 a.C., a convite do rei Arquelau. Seu pai, Mnesarco, era proprietário de terras. Sua estreia num concurso trágico ocorreu em 455 a.C., ano da morte de Ésquilo. Obteve poucas vitórias (apenas quatro primeiros prêmios, o mais antigo, de 441 a.C., aos quarenta anos de idade), fato normalmente evocado para justificar o amargor do exílio voluntário. Das 93 peças que tradicionalmente lhe são atribuídas, chegaram até nós dezoito, oito das quais datadas com precisão: *Alceste* (438 a.C.), *Medeia* (431 a.C.), *Hipólito* (428 a.C.), *As Troianas* (415 a.C.), *Helena* (412 a.C.), *Orestes* (408 a.C.), *Ifigênia em Áulis* e *As Bacantes* (405 a.C.). As peças compostas na Macedônia foram representadas postumamente em Atenas por seu filho homônimo: *Ifigênia em Áulis*, *Alcméon em Corinto* e *As Bacantes*. Diferentemente de Ésquilo e Sófocles, Eurípides não teve participação política nos afazeres de Atenas. Nesse sentido, Aristóteles menciona na *Retórica* (1.416a, 29-35) o processo de "troca" (*antídosis*) em que o escritor teria se envolvido, levado a cabo por Hygiainon, provavelmente em 428 a.C. Segundo esse tipo de processo, um cidadão poderia encarregar outro de uma determinada atividade em prol da cidade. Em caso de recusa, teria o direito de propor a troca de patrimônio. E o primeiro caso de *antídosis* de que se tem notícia é justamente esse contra Eurípides. São conhecidas as passagens das *Rãs* de Aristófanes (ver, por exemplo, o verso 959) em que se fala de sua predileção pela representação de situações cotidianas, e da *Poética* (1.460b, 33 ss.), em que Aristóteles comenta que, diferentemente de Sófocles, o qual apresenta os homens "como deveriam ser", Eurípides os representa "como são". Já na antiguidade, com Longino (*Do sublime*, XV, 4-5), alude-se à sua maneira de representar naturalisticamente a psique humana, sobretudo feminina (de fato, são numerosas as personagens que surgem sob esse enfoque: Medeia, Hécuba, Electra, Fedra, Creusa). Entre as inovações que introduziu no teatro, cabe lembrar o recurso do *deus ex machina*, a aparição sobrevoante, por meio de uma grua, de um deus (aspecto criticado por Aristóteles na sua *Poética*, 1.454b, 2 ss.).

Sugestões bibliográficas

BARRETT, W. S. (org.). *Hippolytus*. Oxford: Clarendon Press, 1964.

CRAIK, E. M. "*Aidôs* in Euripides *Hippolytos* 373-430: Review and Reinterpretation", *The Journal of Hellenic Studies*, vol. 113, 1993, pp. 45-59.

DODDS, E. R. "The *Aidôs* of Phaedra and the Meaning of the *Hippolytus*", *The Classical Review*, vol. 39, 1925, pp. 102-4.

FOLEY, H. P. *Ritual Irony: Poetry and Sacrifice in Euripides*. Ithaca: Cornell University Press, 1985.

HALLERAN, M. R. (org.). *Hippolytus*. Warminster: Aris & Phillips, 1995.

IRWIN, T. H. "Euripides and Socrates", *Classical Philology*, vol. 78, 1983, pp. 183-97.

KOVACS, D. *The Heroic Muse: Studies in the* Hippolytus *and* Hecuba *of Euripides*. Baltimore: Johns Hopkins University Press, 1987.

MCCLURE, L. *Spoken like a Woman: Speech and Gender in Athenian Drama*. Princeton: Princeton University Press, 2009.

MICHELINI, A. N. *Euripides and the Tragic Tradition*. Madison: University of Wisconsin Press, 1987.

SEGAL, C. P. *Interpreting Greek Tragedy: Myth, Poetry, Text*. Ithaca: Cornell University Press, 1986.

WINNINGTON-INGRAM, R. P. "*Hippolytus*: A Study in Causation", em HURST, André (org.), *Euripide: sept exposés et discussions*. Vandoeuvres: Fondation Hardt, 1960.

ZEITLIN, F. I. *Playing the Other: Gender and Society in Classical Greek Literature*. Chicago: University of Chicago Press, 1995.

Excertos da crítica

"A chave então para compreender a peça é o racionalismo ou o irracionalismo? Ambos e nenhum dos dois: é o mito. Um mito é um tecido de simbolismo que reveste um mistério; um mistério não é meramente uma charada que ciência e razão humana vão um dia elucidar, mas, ao invés, precede o início e segue ao fim do próprio processo de racionalidade. Quando confrontado com um mistério como o da alma humana, em que paixão, vontade e intelecto podem ser cada um, simultaneamente, tanto causa quanto efeito dos demais, a mente humana recorre ao mito, nem que seja para apreender a complexidade das questões ético-psicológicas envolvidas. Nenhum aluno de mitologia comparada teria dificuldade em reconhecer na trama de *Hipólito* o conto antigo e multiforme: um amante mortal rejeita as investidas de uma deusa, sofre humilhação ou morte e, posteriormente, é alçado à glória. Nesse conto há sugestões de interpenetração de inocência e experiência, da rejeição e subsequente aceitação de humanidade plena e portanto de divindade, em suma, da queda e da redenção do homem. Na versão de Eurípides, a deidade foi obviamente cindida em três entes: além de Fedra, temos Ártemis e Afrodite. Podemos visualizar as duas últimas, não sendo transportadas rapidamente para dentro e para fora do palco pelo maquinário, mas, ao invés, dispostas em notável simbolismo ao lado dos portões do palácio ao longo da peça; Ártemis, em seu nicho acima do altar, preservando a vida no final, zelando pela procriação de animais inocentes. Afrodite, em seu templo correspondente, após seu discurso de abertura, deslizando para uma imobilidade indiferente, instigadora de sexualidade humana envolvida de culpa. Entre as duas, repousa o difícil

caminho da moralidade para a humanidade. Como afirma a nutriz
(vv. 189-97):

> A vida é uma sucessão de mágoas,
> sem refrigério ao que é deletério,
> mas se algo há melhor do que existir,
> o breu da nuvem sequestrando oculta-o.
> Insanos de erotismo revelamos
> ser pelo que rebrilha terra acima,
> por não sabermos da existência de outra
> vida ou sinal do que se passa no ínfero:
> o que nos move é o mito inócuo."

Richmond Y. Hathorn ("Rationalism and Irrationalism in Euripides' *Hippolytus*", *The Classical Journal*, vol. 52, n° 5, 1957, pp. 211-8)

"De um ponto de vista estruturalista, a crise que Fedra provoca exprime as tensões já contidas na posição anômala de Hipólito entre entre lar e natureza, entre deus e selvagem, entre ilegitimidade e realeza (como no *Édipo Rei*), entre pureza órfica e a abominação do criminoso exilado. A crise intensifica a polaridade ao extremo. Os dois lados se desatam. Hipólito move-se da cidade para o ermo, perde qualquer chance de suceder Teseu como rei de Atenas (um dos pontos em questão na decisão de Fedra de cometer suicídio), e se volta inteiramente a seu estatuto de caçador e treinador de cavalos, movendo-se não só para fora da cidade, mas para um ponto ainda mais fundamentalmente liminar entre mar e terra. Na leitura psicanalítica e estruturalista, o desastre ocorre quando a situação excede os limites que a sociedade estabeleceu como as normas da realidade e identidade humana fundamental. Por um lado, a civilização falha em efetuar a mediação necessária entre divindade e bestialidade; por outro, o indivíduo falha em integrar os impulsos conflituosos na medida em que ele renuncia a uma de suas defesas primárias contra seus próprios impulsos sexuais: a separação da mãe sexualmente pura da sexualmente sedutora.

Visto estruturalmente, o simbolismo espacial expressa a posição anômala de Hipólito entre deus e besta, sua mediação fracassada entre vegetarianismo órfico em comunhão estreita com a deusa virgem e selvagem e o caçador carnívoro. Psicanaliticamente, sua ligação extrema com a figura materna sexualmente pura, como uma substituição da mãe amazona que ele perdeu, o leva a abandonar a casa e a cidade pelas florestas selvagens."

Charles Segal (*Interpreting Greek Tragedy: Myth, Poetry, Text*, Ithaca, Cornell University Press, 1986, p. 279)

"A função da nutriz no segundo *Hipólito* difere do papel desempenhado por servos em outras peças, refletindo as mudanças introduzidas nas formas dramáticas usuais de Eurípides. Os escravos euripidianos agem quase sempre 'seriamente', mostrando um domínio de temas morais e uma autoridade que parece algo inverossímil, dado seu *status* baixo na sociedade helênica. Para casos relativamente claros de 'alívio cômico' na tragédia grega, devemos normalmente olhar para Sófocles e Ésquilo. Esta nutriz, entretanto, embora ela também possa ser uma moralizadora tão sutil quanto inescrupulosa, possui também alguns traços cômicos, que são os mais notáveis na ausência virtual do irônico e do lúdico no tratamento de Fedra. A longa abertura da cena, durante a qual Fedra resiste a falar, oferece ampla possibilidade para observarmos também a nutriz; e ela, como outros personagens na peça, desenvolve um *ethos* mais completo e detalhado do que é comum no drama euripidiano.

O *ethos* da nutriz é o adequado a seu papel social, que combina atenções servis com moralização parental e conselho. Sua intrometida maneira atribulada confere um contraponto divertido à paixão febril da abertura lírica de Fedra, como em sua primeira passagem anapéstica ela se lamenta de sua vida dura e do tédio de cuidar de uma inválida que não pode se decidir. Tais observações servem para mostrar a nutriz operando num plano de seriedade diferente do de sua senhora: nós temos empatia por Fedra, mas sua serviçal nos faz sorrir. Imediatamente após essas reflexões domésticas, entretanto, a nutriz altera a direção e se move para outro aspecto de sua função, ponderando sutilmente sobre a persistência dos sonhos e esperanças humanas."

Ann Norris Michelini (*Euripides and the Tragic Tradition*, Madison, University of Wisconsin Press, 1987, pp. 310-1)

"O desejo 'pudera contemplar-me frente a frente,/ para chorar a ruína que padeço!' (vv. 1.078-9) é um *adunaton*, impossível de se cumprir, exceto na experiência de um espelho que ensina ao eu a primeira lição de perspectiva em sua própria alteridade. Pois ao se mirar no espelho, enxerga-se a si mesmo tanto como um sujeito que olha, quanto como um objeto que é visto. Através de seu reflexo, portanto, dá-se o primeiro passo para o reconhecimento de que a identidade de si deve sempre incluir 'a representação de sua subjetividade em relação a um outro'. 'O espelho', como Vernant observa, 'é o meio de se conhecer a si mesmo, perdendo e reencontrando a si mesmo, mas apenas sob condição de se separar de si mesmo, dividir a si mesmo, tomar distância de si mesmo, como si para outro, a fim de atingir uma figura objetiva do sujeito.'

Narciso encontra um espelho no qual toma erradamente a si mesmo pelo outro. Hipólito, quando outros reconhecem erradamente seu eu, descobre pela primeira vez que necessita de um espelho para recobrar um conhecimento objetivo da experiência de si. Mas Narciso e Hipólito encontram-se no mesmo ponto. Na ausência de um outro, o eu pode apenas dividir-se (ou duplicar-se) e pode apenas ansiar irremediavelmente desempenhar ambos os papéis, eu e outro. Narciso consome-se, capturado no fascínio especular do desejo impossível, condenado a contemplar a superfície da água, mas nunca a sondar suas profundezas. Hipólito, entretanto, quando sobe à carruagem e toma as rédeas dos cavalos que vão conduzi-lo ao desastre, avança para representar as consequências de ter recusado encontrar o olhar do outro (ou tocar) num contato humano."

> Froma I. Zeitlin (*Playing the Other: Gender and Society in Classical Greek Literature*, Chicago, Chicago University Press, 1996, p. 266)

O *Hipólito* de Eurípides[1]

Bernard Knox

O tratamento crítico habitual do *Hipólito* de Eurípides é uma análise em termos de personagem; uma análise que, seja qual for sua ênfase específica, baseia-se na concepção aristotélica de personagem trágica e na relação entre personagem e revés do destino. No caso do *Hipólito*, essa análise, longe de alcançar uma linha de interpretação geralmente aceita, produziu apenas desacordo. Seria Hipólito o herói trágico,[2] destruído por um excesso de castidade, uma devoção fanática à deusa Ártemis? Ou seria Fedra a heroína trágica,[3] e o conflito em sua alma, o conflito trágico da peça? As reivindicações de Teseu não devem ser negligenciadas; sua participação na peça é tão extensa quanto a de Fedra, e a palavra aristotélica *hamartia* é usada pela deusa Ártemis para descrever sua conduta.[4]

---

[1] "The *Hippolytus* of Euripides", em Bernard Knox, *Word and Action: Essays on the Ancient Theater*, Baltimore, Johns Hopkins University Press, 1986, pp. 205-30. Publicado originalmente em *Yale Classical Studies*, vol. 13, 1952, pp. 3-31 (© Yale University Press). Tradução de Nina Schipper.

[2] "O personagem principal é Hipólito, e é em torno dele que o drama é construído." G. M. A. Grube, *The Drama of Euripides*, Nova York, Barnes & Noble, 1941, p. 177. Ver também Louis Méridier, *Euripide*, Paris, Les Belles Lettres, 1927, tomo 2.19.

[3] Ver David Grene, "The Interpretation of the *Hippolytus* of Euripides", *Classical Philology*, vol. 34, 1939, pp. 45-58.

[4] Ver verso 1.334.

Tal divergência de opiniões é natural em uma peça que desenvolve tantos personagens de forma tão completa; embora estatísticas literárias sejam indesejáveis, o tamanho dos papéis nessa peça (uma estatística importante pelo menos para os atores) mostra quão difícil é o problema da ênfase. Hipólito tem 271 versos de fala;[5] Fedra e Teseu, 187 cada um, e a Nutriz, surpreendentemente, tem mais versos do que Fedra ou Teseu: 216.[6] A tentativa de tornar Fedra a figura central da peça parece equivocada — por que não a Nutriz? Também esta tem sua conduta descrita como *hamartia*[7] — e nem mesmo Hipólito é uma figura tão central quanto Medeia, que tem 562 versos de fala numa peça de extensão semelhante, ou Édipo, com 698 versos em *Édipo Rei*, peça que é um pouco mais longa. A busca por uma personagem trágica central é, nessa peça, um beco sem saída. Quando a ação é dividida de forma tão equitativa entre as quatro personagens, a unidade da obra não pode depender apenas de uma delas, mas deve residir na natureza da relação entre as quatro. No *Hipólito*, a relação significativa entre as personagens é a situação na qual elas foram colocadas. Trata-se exatamente da mesma situação para cada uma, situação que impõe uma escolha entre as mesmas alternativas — silêncio e discurso.

E nos é mostrado que suas escolhas não são livres. Os comentários de Aristóteles sobre a personagem trágica su-

---

[5] Esse e os próximos números baseiam-se no texto da edição concebida por Gilbert Murray e publicada pela Oxford.

[6] Esse número não inclui os vv. 780-1 e 786-7, que a edição Murray, recorrendo a diversos manuscritos e com o apoio da *scholia*, atribui à Nutriz. É mais eficaz do ponto de vista dramático que a Nutriz desapareça da peça depois da morte de Fedra — ἀλλ' ἐκποδὼν ἄπελθε καὶ σαυτῆς πέρι φρόντιζ' (vv. 708-9). De qualquer forma, a enunciação dos versos que a edição Murray atribui à Nutriz indica alguém que desconhecesse que Fedra cometeria suicídio; a Nutriz simplesmente o sabia muito bem (cf. vv. 686-7).

[7] Por Fedra, no verso 690.

põem, em certa medida, que o arbítrio humano é livre para escolher. Mas a liberdade do arbítrio humano e a importância da escolha humana são, ambas, expressamente negadas no prólogo do *Hipólito*. Em nenhuma outra tragédia grega a predeterminação da ação humana por uma força externa é tão enfaticamente clara. Na *Oresteia*, em que cada palavra e ação são o cumprimento da vontade de Zeus, a relação entre ação humana e vontade divina é sempre apresentada em termos misteriosos; a vontade de Zeus é um fator inescrutável, no segundo plano, só revelado claramente no desfecho da trilogia. E enquanto Clitemnestra está no palco em *Agamêmnon*, não somos perturbados por nenhum sentimento de que seu propósito como ser humano não seja decisivo; de fato, ele é a coisa mais importante na peça. O Édipo de Sófocles cumpriu e continua cumprindo os oráculos de Apolo, mas é Édipo, um ser humano tomando decisões humanas, que domina exclusivamente nossa atenção. E, de forma significativa, a profecia de Apolo é apresentada exatamente assim: como profecia, e não como fator determinante; Apolo prediz, mas não faz nada além disso — é Édipo quem age.

Tanto o *Édipo* quanto o *Agamêmnon* podem ser, essencialmente, em termos lógicos (embora não necessariamente religiosos), deterministas, mas no drama enfatizam a liberdade da vontade humana. Contudo, o *Hipólito* se inicia com uma poderosa apresentação de uma força externa que não apenas prediz mas também determina; Afrodite não nos conta simplesmente o que vai acontecer mas declara sua responsabilidade e explica seus motivos. É uma explicação completa, e que (ainda que não fosse confirmada em cada pormenor por outra divindade ao final da peça) provavelmente iremos aceitar. Afrodite é uma das forças que regem o universo; e embora o que ela diga possa nos chocar, devemos aceitá-lo como verdadeiro.

A peça, a partir desse ponto, deveria ser simples, o desdobramento de um padrão inevitável. Mas Eurípides reserva uma surpresa. Conforme assistimos aos seres humanos do drama, inconscientes do propósito da divindade, realizar a vontade desta, ficamos impressionados com a aparente liberdade deles. Em nenhuma outra tragédia grega tantos personagens mudam de opinião acerca de tantas questões importantes. Aqui, mais uma vez, Eurípides está se distanciando drasticamente do procedimento dos dramaturgos de sua época. O propósito de Clitemnestra no *Agamêmnon*, ocultado do coro e de sua vítima por decisão daquele cérebro masculino, perigosamente próximo à superfície irônica do seu discurso de boas-vindas, alcançado de forma triunfante quando ela se posta sobre o corpo de Agamêmnon — esse propósito inflexível é a linha reta ao longo da qual a peça inteira evolui. A determinação de Édipo em saber a verdade, seguida implacavelmente até a beira do abismo e além deste, é a linha de desenvolvimento da trama maior da tragédia ocidental. Mas no *Hipólito* a linha de desenvolvimento dos propósitos das personagens é um ziguezague. Fedra decide morrer sem revelar seu amor, e depois faz um longo discurso sobre ele para o coro. A Nutriz a exorta a revelá-lo, lamenta sua ação quando ouve sua senhora discursar, e depois torna a encorajar Fedra a proferir outros trechos de discurso. E Hipólito, quando toma conhecimento da paixão de Fedra, primeiro declara sua intenção de contar a verdade a Teseu e depois muda de opinião e permanece em silêncio.

"O pensamento mais agudo é o que sucede, dama, o anterior", diz a Nutriz.[8] Três dos personagens principais mudam de ideia (a Nutriz, a rigor, muda de ideia não duas, mas três, quatro vezes); a peça faz uma justaposição irônica entre a máxima complexidade dramática da escolha individual e um resultado predeterminado e anunciado. A escolha de uma alternativa e depois outra, a mente humana hesitando entre decisões morais, aceitando e rejeitando de acordo com um

---

[8] Verso 436: αἱ δεύτεραί πως φροντίδες σοφώτεραι.

padrão complexo, que enfatiza a aparente liberdade e imprevisibilidade da vontade humana — tudo isso é a realização do propósito de Afrodite.

A escolha entre discurso e silêncio é a situação que coloca as quatro personagens principais em relação significativa e dá à peça uma unidade artística. Porém faz muito mais. O poeta tornou complexas as alternâncias e combinações de escolha. Fedra primeiro escolhe silêncio e, depois, discurso; a Nutriz, discurso e depois silêncio, depois discurso, depois silêncio; Hipólito, discurso e, então, silêncio; o coro, silêncio; e Teseu, discurso. O padrão resultante parece representar o esgotamento das possibilidades da vontade humana. A escolha entre silêncio e discurso é mais do que um fator de unidade na peça; é uma situação com implicações universais, uma metáfora para a operação do livre-arbítrio do homem em todos os seus aspectos intricados. E o contexto no qual ele é colocado demonstra a não existência do livre-arbítrio do homem, a futilidade da escolha moral.

A deusa Afrodite apresenta o tema e anuncia o resultado. Seu trabalho preliminar está feito (πάλαι προκόψασ' [23]); chegou o momento da consumação de seu desígnio, a punição de Hipólito (τιμωρήσομαι [21]). Mas há ainda um detalhe recalcitrante, a determinação de Fedra de permanecer em silêncio. "A infeliz definha muda da doença ignorada pelos seus":

[...] ἡ τάλαιν' ἀπόλλυται
σιγῆι, ξύνοιδε δ' οὔτις οἰκετῶν νόσον (39-40).

Mas esse último obstáculo será removido; as coisas não sairão dessa forma, ἀλλ' οὔτι ταύτηι τόνδ' ἔρωτα χρὴ πεσεῖν (41). A verdade virá à tona, κἀκφανήσεται (42). E Teseu matará seu filho.

Na cena entre Fedra e a Nutriz, é-nos mostrado o primeiro estágio da concretização do propósito de Afrodite —

a transformação de Fedra, do silêncio ao discurso. Suas palavras são a expressão involuntária do delírio, a deflagração de seus desejos subconscientes reprimidos. Mas esse delírio é também a obra da força externa, Afrodite, que previu esse desenvolvimento e agora o põe em execução diante de nossos olhos. As fantasias selvagens de Fedra não fazem sentido nem para a Nutriz nem para o coro, mas seu significado é claro para o público. Seu anseio pelo álamo e pelo prado verdejante, pela caça e pelo adestramento de potros na areia é a expressão histérica de seu desejo por Hipólito.[9]

A Nutriz chama seu acesso de loucura (μανία [214]), isto é, discurso sem sentido, e Fedra, quando volta à razão, também o chama de loucura (ἐμάνην [241]), mas num sentido diferente, o de paixão. Ela não revelou nada, mas pela primeira vez colocou seu desejo em palavras, e rompeu seu longo silêncio. Sua paixão (ἐμάνην) dominou seu bom senso (γνώμη [240]); em seu caso a escolha entre silêncio e discurso é também uma escolha entre bom senso e paixão. Nos poucos versos a seguir ela define seu dilema, propõe as alternativas, e enxerga uma terceira senda diante dela:

τὸ γὰρ ὀρθοῦσθαι γνώμην ὀδυνᾶι,
τὸ δὲ μαινόμενον κακόν· ἀλλὰ κρατεῖ
μὴ γιγνώσκοντ' ἀπολέσθαι (247-9).

Ter bom senso (ὀρθοῦσθαι γνώμην), isto é, em seu caso, permanecer em silêncio, é agonia (ὀδυνᾶι); paixão (τὸ μαινόμενον), em seu caso, discurso, é infortúnio (κακόν). É melhor (ἀλλὰ κρατεῖ) não fazer nenhuma escolha e perecer (μὴ

---

[9] ὑπό τ' αἰγείροις ἔν τε κομήτηι
λειμῶνι κλιθεῖσ' ἀναπαυσαίμαν; (vv. 210-1).

Tanto λειμών quanto κομήτης têm associações sexuais; ver Eurípides, *Ciclope*, 171, para λειμών, e Aristófanes, *Lisístrata*, 827, para κομήτης. O adestramento de πῶλοι (v. 231) é uma metáfora sexual comum (cf. Anacreonte, 75).

γιγνώσκοντ' ἀπολέσθαι) — perecer inconsciente das alternativas, desistir do bom senso e da escolha, renunciar ao livre-arbítrio.[10] É a isso que ela chega no final, mas ela ainda não atingiu apuros tão desesperados. Ela ainda está numa terra de ninguém entre as alternativas de discurso e silêncio, pois seu acesso delirante não revelou seu segredo à Nutriz. Mas ele lhe trouxe um alívio momentâneo e assim enfraqueceu sua determinação. Ela agora está menos apta a resistir à investida final contra seu silêncio que a Nutriz, a pedido do coro, inicia.

A Nutriz tem poucas esperanças de sucesso, ela tentou antes e fracassou — πάντα γὰρ σιγᾶι τάδε (273), "Não há o que a demova do silêncio", conta ela ao coro. Mas ela faz uma última tentativa. A essência de seu ponto de vista prático pode ser observada em sua repreensão a Fedra quando ela não obtém resposta; para a Nutriz não há problema que não possa ser solucionado pelo discurso. "Calas por quê? Calar não faz sentido! Critica-me, se estou errada; anui, se tiver cabimento o que profiro!":

εἶεν, τί σιγᾶις; οὐκ ἐχρῆν σιγᾶν, τέκνον,
ἀλλ' ἤ μ' ἐλέγχειν, εἴ τι μὴ καλῶς λέγω,
ἢ τοῖσιν εὖ λεχθεῖσι συγχωρεῖν λόγοις (297-9).

Ainda assim, ela não obtém nenhuma resposta, e numa repreensão furiosa a Fedra por estar arruinando o futuro de seus filhos, ela menciona, sem se dar conta das implicações, o nome de Hipólito. Tal impulso fortuito provoca um grito de agonia e uma súplica por silêncio. "Ancila, me aniquilas! Pelos deuses, rogo-te: não menciones esse nome!" (τοῦδ' ἀνδρὸς αὖθις λίσσομαι σιγᾶν πέρι [312]).

---

[10] Para uma interpretação diferente da força de ἐμάνην, μανία e τὸ μαινόμενον, ver E. R. Dodds, "The *Aidôs* of Phaedra and the Meaning of the *Hyppolytus*", The Classical Review, vol. 39, 1925, pp. 102-10.

A Nutriz não compreende o motivo da agitação de Fedra, mas percebe o momento de fraqueza e exerce sua supremacia. Ela agora faz um ataque frontal ao silêncio de Fedra; jogando-se aos pés de sua senhora, agarra sua mão e seus joelhos. É a posição do suplicante, a representação extrema da pressão emocional e física combinadas, e isto é suficiente para demolir a frágil decisão de Fedra. "Concedo, por respeito à mão sagrada", δώσω (335). "Calo", responde a Ama, "pois cabe a ti falar agora", σιγῶιμ' ἂν ἤδη· σὸς γὰρ οὑντεῦθεν λόγος (336).

Fedra considera o discurso algo difícil. Ela evoca os nomes de sua mãe e irmã, exemplos de amor infeliz, e associa-se a elas. Mas ela acha custoso falar francamente. "Ai! Falaras o que se me impõe falar", πῶς ἂν σύ μοι λέξειας ἁμὲ χρὴ λέγειν (345). Esse é o seu desejo, quebrar o silêncio e contudo não falar, e de fato ela consegue fazer com que ele se realize. Numa manobra dialética digna de um Sócrates, ela assume o papel do interrogador e faz a Nutriz fornecer as respostas e repetir o nome de Hipólito, dessa vez num contexto que não deixa nenhuma dúvida sobre sua significação. "Tua própria boca", diz ela à Nutriz, "o pronuncia", σοῦ τάδ', οὐκ ἐμοῦ, κλύεις (352).

Essa revelação é mais do que a Nutriz havia barganhado. Ela, que enxergava apenas duas atitudes para Fedra com relação ao discurso — recusa ou consentimento —, não pode adotar nenhuma delas; ela não tem nenhum conselho a dar, nenhuma solução a propor. Ela está reduzida a desespero e silêncio; ela, que repreendeu Fedra por desejar morrer, agora se decide pela morte. "O corpo de mim mesma denegarei. Adeus! Não mais existo":

[...] ἀπαλλαχθήσομαι
βίου θανοῦσα· χαίρετ', οὐκέτ' εἴμ' ἐγώ (356-7).

O significado pleno de suas palavras a Fedra agora está claro para nós e para ela. "Calo", σιγῶιμ' ἂν ἤδη. "Pois cabe a ti falar agora", σὸς γὰρ οὑντεῦθεν λόγος.

O papel de Fedra agora é discurso, e ela extravasa seu coração para o coro. O alívio do discurso, que primeiro se impôs a ela num acesso delirante, nesse momento é o produto de escolha consciente. Ela conta ao coro a senda que seu juízo seguiu, τῆς ἐμῆς γνώμης ὁδόν (391): antes de tudo, para ocultar sua doença no silêncio, σιγᾶν τήνδε καὶ κρύπτειν νόσον (394). Mas isso se provou insuficiente; foi preciso mais para subjugar sua paixão ao autocontrole, τὴν ἄνοιαν εὖ φέρειν/ τῶι σωφρονεῖν νικῶσα (398-9). E quando isso fracassou, ela se decidiu por uma terceira senda: morrer. Ela ainda está decidida a morrer; sua mudança de silêncio a discurso não fez diferença para a situação, pois ela pode contar com o silêncio do coro e da Nutriz. Mas ela teve o consolo do discurso, narrou seu amor e desespero a um público compassivo, e além disso, admirador. "Honra? Quem a possui? O que morreu na quarta-feira", diz Falstaff,[11] e essa também é a essência do dilema de Fedra. Ela decidiu morrer em silêncio para proteger sua honra, para ser εὐκλεής. Mas esse mesmo silêncio significa que ela não pode gozar de sua honra enquanto vive, e ele não será apreciado após sua morte. Ninguém jamais conhecerá a força que ela dominou nem tampouco a natureza heroica de sua decisão. Morrer em silêncio implicava um isolamento difícil de suportar para qualquer humano, e ela deixa claro que seu desejo de ser apreciada foi uma das forças que a conduziram ao discurso. "Nem o que houver de belo em mim se oculte", diz ela, "nem muitos presenciem os gestos vis!":

---

[11] William Shakespeare, *Henrique IV*, parte I, ato 5, cena 1. (N. da T.)

ἐμοὶ γὰρ εἴη μήτε λανθάνειν καλὰ
μήτ' αἰσχρὰ δρώσηι μάρτυρας πολλοὺς ἔχειν (403-4).

Agora ela pode agir com nobreza, morrer em vez de render-se à paixão, e ainda assim não passar despercebida. O coro, as representantes das mulheres de Trezena,[12] reconhece e louva sua nobreza (431-2). Fedra pode ter tudo ao mesmo tempo. Mas as coisas não estão fadadas a terminar assim, ἀλλ' οὔτι ταύτηι τόνδ' ἔρωτα χρὴ πεσεῖν, disse Afrodite no prólogo.

Pois a Nutriz agora intervém novamente. Sua paixão e seu desespero a silenciaram e a arrastaram da cena quando ela percebeu a natureza da enfermidade de Fedra. Mas ela mudou de ideia. Ela agora rejeitou o silêncio, que entregou Fedra à morte, e escolheu o discurso, que está designado a salvar sua vida. "O pensamento mais agudo é o que sucede, dama, o anterior", diz ela:

[...] κἂν βροτοῖς
αἱ δεύτεραί πως φροντίδες σοφώτεραι (435-6).

O silêncio de Fedra era γνώμη, bom senso; seu discurso primeiro era μανία, paixão. Mas no caso da Nutriz essas relações estão invertidas. Sua paixão, desespero, conduziram-na ao silêncio, e seu discurso agora é o produto de γνώμη, bom senso. É discurso (λόγος) nos dois sentidos da palavra grega, discurso e razão; a Nutriz aqui representa a aplicação da razão humana a um problema humano.

---

[12] Isso é enfatizado pela abertura formal do discurso de Fedra a elas (373-4):
Τροζήνιαι γυναῖκες, αἳ τόδ' ἔσχατον
οἰκεῖτε χώρας Πελοπίας προνώπιον.
Cf. também παῖδες εὐγενεῖς Τροζήνιαι (710), quando ela lhes faz seu último pedido de silêncio.

A "razão" por trás das falas da Nutriz está despida de qualquer restrição de moralidade ou religião, embora ela use os termos de ambas. O discurso é uma obra-prima de retórica sofista, na qual cada argumento aponta na direção da consumação física do amor de Fedra. Mas essa é uma conclusão que a Nutriz é hábil o suficiente para não colocar em palavras. Ela deixa a conclusão implícita agir sobre a frágil decisão de Fedra e se contenta, para concluir seu discurso, com conselhos específicos nos quais cada frase é uma ambiguidade: τόλμα δ' ἐρῶσα (476), "Coragem: ama!" ou "Um deus assim o quis"; τὴν νόσον καταστρέφου (477), "Domina a enfermidade de que adoeces!" ou "Existem amavios e encantamentos"; ἐπῳδαὶ καὶ λόγοι θελκτήριοι (478), "Há de haver fármaco", para curá-la de sua paixão[13] ou para fazer Hipólito amá-la. A Nutriz está sondando para ver que efeito seu discurso exercerá sobre Fedra; ela ainda não ousa comprometer-se completamente.

Ela obtém uma reação violenta. Essas são οἱ καλοὶ λίαν λόγοι (487), palavras aparentemente neutras demais; Fedra pede conselhos que possam proteger sua honra, não seduzir seus ouvidos. Mas ela fez uma importante admissão; as palavras da Nutriz de fato seduziram seus ouvidos: τι τοῖσιν ὠσὶ τερπνά (488). A Nutriz vê a fragilidade na argumentação de Fedra e pressiona com firmeza. Ela agora fala bruscamente e de forma clara. "Por que esse tom cerimonioso? Do homem precisas, não de frase edulcorada":

[...] οὐ λόγων εὐσχημόνων
δεῖ σ' ἀλλὰ τἀνδρός (490-1).

Isso é falar francamente, e Fedra responde com um apelo colérico e aflito por silêncio, οὐχὶ συγκλῄσεις στόμα

---

[13] Para φίλτρα com efeito dissuasivo, ver, por exemplo, Tibulo, 1, 2, 59-69; Nemesiano, *Bucólicas*, 4, 62 ss.

(498). Mas a Nutriz exerce sua supremacia e leva a verbalização dos desejos reprimidos de Fedra a um novo estágio; ela já mencionou "o homem", τἀνδρός, e agora invoca "a ação", τοὔργον (501) — o próprio ato do adultério.[14] Essa palavra desvela a consumação que Fedra rejeitou com tal horror em seu discurso ao coro (413-8), mas agora ela é atraente e também repulsiva — como o próprio amor, ἥδιστον [...] ταὐτὸν ἀλγεινόν θ' ἅμα (348) — e Fedra então revela que se a Nutriz continuar a exibir o mal como algo bom, τἀισχρὰ δ' ἢν λέγηις καλῶς (505), ela irá até ele e será consumida naquilo de que agora foge, ἐς τοῦθ' ὃ φεύγω νῦν ἀναλωθήσομαι (506).

A Nutriz é hábil o suficiente para retornar a ambiguidades, aos filtros mágicos, φίλτρα [...] θελκτήρια (509), que aliviarão o mal de Fedra sem desonra ou dano para a mente. A Nutriz assim retorna à sua proposta original: esse é o mesmo movimento circular de seu diálogo anterior com Fedra, na qual o nome de "Hipólito" foi o ponto de partida e de chegada. E aqui, como lá, o fechamento do círculo com a repetição torna claro o significado das palavras. Fedra deve saber agora, depois de tudo o que foi pronunciado, o que a Nutriz quer dizer com "o filtro mágico de eros". Mas a expressão ambígua é um triunfo psicológico por parte da Nutriz. Ela lembra como Fedra tentou antes fugir à responsabilidade por meio de uma ficção verbal — "Ai! Falaras o que se me impõe falar" e "Tua própria boca o pronuncia" — e dá à sua senhora a mesma oportunidade novamente. E Fedra a aproveita. Sua pergunta não é "Qual será o efeito desse filtro mágico de eros?", mas "O bálsamo é líquido ou emplastro?", πότερα δὲ χριστὸν ἢ ποτὸν τὸ φάρμακον; (516). Ela abriu mão de sua inteligência crítica, γιγνώσκειν, γνώμη,

---

[14] Para este sentido de ἔργον, ver Liddell, Scott e Jones, *Greek-English Lexicon*, sub verbo 1.3.c.

e renunciou ao controle de sua própria decisão; ela agora está seguindo a terceira e mais desesperada das três sendas que viu diante de si. "Custa aprumar a lucidez e a insensatez é um mal. Melhor morrer sem conhecer", μὴ γιγνώσκοντ' ἀπολέσθαι.

Que ela aqui renuncia ao controle de suas ações, fica claro e também plausível pela relação entre Fedra e a Nutriz, que as palavras e o tom dos poucos versos seguintes sugerem. Ela agora é novamente uma criança, e a Nutriz faz pela mulher adulta aquilo que ela sempre fizera pela criança — evita suas perguntas, subestima seus medos, isenta-a de responsabilidade, e decide por ela. "Não sei", diz ela, em resposta à pergunta de Fedra sobre a natureza dos filtros mágicos. "Se é útil, usa-o, sem perguntas", οὐκ οἶδ'· ὄνασθαι, μὴ μαθεῖν, βούλου, τέκνον (517). À manifestação do temor de Fedra de que seu segredo seja revelado a Hipólito, a Nutriz responde, "Deixa, menina!", ἔασον, ὦ παῖ, "Eu cuido desse caso", ταῦτ' ἐγὼ θήσω καλῶς (521). Com uma súplica a Afrodite, συνεργὸς εἴης (523), "o teu auxílio", e uma declaração de que ela contará seus pensamentos a "entes caros no interior do lar", a Nutriz entra no palácio e Fedra a deixa partir. Ela completou o ciclo de escolha consciente, primeiro silêncio, depois discurso, e acabou por renunciar de uma vez à escolha e por confiar seu destino a outrem. E o resultado será, como ela mesma disse, destruição, μὴ γιγνώσκοντ' ἀπολέσθαι.

Por esse resultado ela não precisa esperar muito. "Não quero ouvir mais nada", Σιγήσατ', ὦ γυναῖκες (565), são as palavras com as quais ela prossegue o último verso do estásimo do coro para inaugurar a cena seguinte. Ela está escutando o que se passa no interior da casa, onde Hipólito vocifera contra a Nutriz. Aquilo que Fedra temeu e desejou tornou-se realidade; Hipólito sabe de seu amor.

Os versos de abertura do diálogo seguinte mostram Hipólito, por sua vez, confrontado com a mesma escolha, ente silêncio e discurso. Ele deve escolher contar a Teseu aquilo que ouviu, ou permanecer em silêncio, como jurou que faria. Sua primeira reação é uma declaração veemente de que ele vai falar, uma súplica à terra e ao sol para testemunharem o que ele acabou de escutar:

ὦ γαῖα μῆτερ ἡλίου τ' ἀναπτυχαί,
οἵων λόγων ἄρρητον εἰσήκουσ' ὄπα (601-2).

À súplica da Nutriz por silêncio, σίγησον, ὦ παῖ (603), ele responde, "Calar, depois de ouvir o que eu ouvi?", οὐκ ἔστ' ἀκούσας δείν' ὅπως σιγήσομαι (604). Esse impulso para falar é, como no caso de Fedra, paixão prevalecendo sobre bom senso, mas a paixão que o inspira não é a mesma. Por trás das palavras delirantes de Fedra e da subsequente rendição consciente ao questionamento da Nutriz, podemos ver a força de Afrodite agindo nela. Mas o acesso de Hipólito é a reação abalada e incrédula da mente virginal, a obra de Ártemis agindo sobre ele. E no seu caso, como no de Fedra, o impulso apaixonado expõe ao perigo o objetivo principal do pensamento consciente; o discurso de Fedra põe em perigo sua honra, esta εὔκλεια que é o propósito de sua vida,[15] e o discurso de Hipólito põe em perigo sua mais alta ambição, reverência, εὐσέβεια,[16] pois isso implica quebrar o juramento que ele fez à Nutriz. Embora eles façam suas escolhas em ordens diferentes (Fedra escolhendo primeiro silêncio, depois discurso; Hipólito, primeiro discurso, depois silêncio), o paralelo é notável. E o agente que ocasiona a mudança de opinião em cada caso é o mesmo, a Nutriz.

A conexão entre as duas situações é enfatizada não apenas de forma verbal e temática, mas também visualmente. Pois a Nutriz agora se joga aos pés de Hipólito, como ela fez

---

[15] Ver adiante, nota 20.

[16] Ver adiante, nota 22.

com Fedra, e segura sua mão e joelhos, como fez com os de Fedra. O gesto supremo da súplica é repetido, encontrando a mesma resistência inicial e a aquiescência final. Mas desta vez ela roga não por discurso, mas por silêncio.

Hipólito rejeita seu pedido com o mesmo argumento que ela própria usara contra o silêncio de Fedra. "Nada é mais belo do que alardear o belo", τά τοι κάλ' ἐν πολλοῖσι κάλλιον λέγειν (610) — uma fala que lembra o que a Nutriz dissera a Fedra, "Tua honra não aumenta caso fales?", οὔκουν λέγουσα τιμιωτέρα φανῆι (332). Hipólito se lança em sua denúncia veemente contra as mulheres. A violência de seu discurso alivia a paixão que o levou a ignorar seu juramento, e ele termina seu discurso com uma promessa de manter-se em silêncio, σῖγα δ' ἕξομεν στόμα (660). Ele honrará o juramento. "Eu me aviltei!", diz ele à Nutriz, "Por minha piedade foste salva", εὖ δ' ἴσθι, τοὐμόν σ' εὐσεβὲς σώιζει, γύναι (656). Hipólito também muda de opinião: "O pensamento mais agudo é o que sucede, dama, o anterior".

No entanto, a situação de Fedra é irremediável. Ela não acredita que a aversão e o ódio revelados no discurso de Hipólito permanecerão sob controle — "revela ao pai tua *hamartia*", diz ela, ἐρεῖ καθ' ἡμῶν πατρὶ (690) —, e mesmo que ela pudesse ter certeza do silêncio de Hipólito, ela não é a mulher que poderá encarar Teseu com dissimulação. Ela indaga, em seu longo discurso ao coro, como a adúltera poderia mirar o rosto do marido (415-6), e ainda que ela tivesse a necessária frieza, a situação teria sido dificultada, para dizer o mínimo, pela anunciada intenção de Hipólito de assistir-lhe no ato (661-2). Agora ela deve morrer, como foi sua intenção desde o início, mas já não pode morrer em silêncio. Isso não mais seria uma morte honrosa — τοιγὰρ οὐκέτ' εὐκλεεῖς/ θανούμεθ' (687-8). O discurso a levou por este caminho, e para morrer e proteger sua reputação ela agora precisa de mais discurso. "Não me ocorre um raciocínio", ela diz, ἀλλὰ δεῖ με δὴ καινῶν λόγων (688).

"Nem o que houver de belo em mim se oculte", diz ela no início, "nem muitos presenciem os gestos vis!" (403-4). Ela obtém a primeira metade de seu desejo — o coro foi testemunha de sua nobre decisão de morrer em silêncio — mas a segunda metade não foi consentida. Hipólito é uma testemunha de sua fraqueza, e ele deve ser silenciado. A esse motivo de ação contra ele soma-se o ódio da mulher rejeitada que ouviu cada palavra de seu discurso ofensivo.[17] As "novas palavras" que ela encontra, a carta a Teseu acusando Hipólito de um atentado contra sua virtude, salvará sua reputação e aplacará seu ódio. Elas irão assegurar a ineficácia do discurso de Hipólito, se ele falar, e também o destruirão.

Mas há outras testemunhas a serem silenciadas também, o coro das mulheres. Ela lhes pede para ocultar no silêncio o que escutaram, σιγῆι καλύψαθ' ἀνθάδ' εἰσηκούσατε (712), e elas consentem. Elas se sujeitam ao silêncio por meio de uma promessa. Assim o coro, como as três personagens principais vistas até agora, escolhe entre as mesmas duas alternativas, e sela sua escolha, silêncio, com um discurso do tipo mais poderoso e comprometido, um juramento. O coro não irá mudar de ideia.

As preliminares estão agora concluídas, e o palco está pronto para a destruição de Hipólito. Fedra comete suicídio e Teseu encontra sua carta. O que acontece agora — se o propósito de Afrodite será realizado ou fracassará, se Hipólito irá viver ou morrer — depende de Teseu escolher silêncio ou discurso. Ele não nos faz esperar muito. "Não mais retenho nos umbrais da boca o incontornável malefício fúnebre", proclama, τόδε μὲν οὐκέτι στόματος ἐν πύλαις/ καθέξω (882-3). Mas esse não é um discurso comum. Pelo dom a ele conferido por seu pai, Posêidon, ele consegue falar, em determinadas circunstâncias, com uma força que é reservada a deuses

---

[17] Ver os excelentes comentários de Méridier em *Euripide*, cit., p. 19.

apenas — seu desejo, expresso em fala, torna-se fato. Em sua boca, nesse momento, o discurso tem o poder de vida e morte. E ele o utiliza para matar seu filho. "*Ara*, a Ruína, tripla, prometeste-me um dia, pai, Posêidon. Cumpre uma: mata meu filho até o fim do dia":

ἀλλ', ὦ πάτερ Πόσειδον, ἃς ἐμοί ποτε
ἀρὰς ὑπέσχου τρεῖς, μιᾶι κατέργασαι
τούτων ἐμὸν παῖδ' [...] (887-9).

Aqui a última peça do quebra-cabeça do livre-arbítrio é encaixada para completar a imagem da realização do propósito de Afrodite. E a imprecação de Teseu é ao mesmo tempo uma demonstração da futilidade da alternativa que as hesitações de Fedra, Hipólito e da Nutriz sugeriram. "O pensamento mais agudo é o que sucede, dama, o anterior" — ele não o foi para esses três. Talvez os primeiros pensamentos sejam melhores: μὴ γιγνώσκοντ', como disse Fedra. Mas Teseu é o personagem no drama a quem pensar duas vezes teria sido mais sensato, e ele não se dá tempo para isso. Ele age imediatamente, sem parar para examinar o caso ou considerar alternativas: μὴ γιγνώσκοντ' ἀπολέσθαι, renunciar ao bom senso e perecer — a última e desesperada senda de Fedra — é a primeira ação impulsiva de Teseu.

As alternativas diante desses seres humanos — certeza ou hesitação, paixão e bom senso, silêncio e discurso[18] — são escolhidas e rejeitadas conforme um padrão complexo que

---

[18] Embora a escolha entre silêncio e discurso não tenha maior significância para a ação — que foi determinada de forma irreversível pela imprecação de Teseu —, ela ainda torna a ocorrer como tema reminiscente na segunda parte da peça. Assim, Hipólito insta seu pai silente a falar, σιγᾶις; σιωπῆς δ' οὐδὲν ἔργον ἐν κακοῖς (911), usando palavras claramente designadas para evocar a súplica da Nutriz a Fedra, εἶεν, τί σιγᾶις; οὐκ ἐχρῆν σιγᾶν, τέκνον (297). E o touro que vem do mar para realizar a imprecação de Teseu anuncia sua aparição com φθόγγος (1.205) e φθέγ-

mostra o funcionamento independente de cinco vontades humanas distintas produzindo um resultado que não foi desejado por nenhuma delas: a consumação do propósito de Afrodite. O fato de as alternativas morais estarem representadas por silêncio e discurso não é meramente um mecanismo inteligente que conecta e contrasta as situações dos diversos personagens; ele é também uma afirmação enfática da universalidade da ação. Ele torna a peça um comentário irônico sobre uma ideia fundamental, a ideia de que o poder de fala do homem, que o distingue de outros animais, é a faculdade que lhe dá a concepção e o poder da escolha moral em primeiro lugar.

Este lugar-comum grego é mais claramente descrito numa passagem famosa da *Política* de Aristóteles (1, 1, 10). "Apenas o homem entre os animais possui fala (λόγον). A mera voz (φωνή) pode, é verdade, indicar dor e prazer, e portanto ela é possuída pelos outros animais também [...] mas a fala (λόγος) é designada para indicar o vantajoso e o nocivo (τὸ συμφέρον καὶ τὸ βλαβερόν) e portanto também o certo e o errado (τὸ δίκαιον καὶ τὸ ἄδικον): por ela ser a propriedade especial do homem, distinguindo-o dos outros animais, é que apenas ele tem a percepção de bom e mau (ἀγαθοῦ καὶ κακοῦ), certo e errado (δίκαιον καὶ ἀδίκου) e outros atributos morais (καὶ τῶν ἄλλων)".[19]

É claro que Eurípides estava familiarizado com a ideia, pois ele faz pelo menos uma referência irônica ao contraste entre o homem, que possui fala, e os animais, que não a possuem. Hipólito, em sua invectiva furiosa, deseja que as mulheres sejam assistidas por animais silenciosos e não por servas como a Nutriz. "Bestas-feras áfonas e ávidas, que as

---

μα (1.215), mas executa seu trabalho fatal em silêncio, σιγῆι πελάζων (1.231).

[19] Cf. Isócrates, *Antídose*, 253-7, *Nícocles*, 5-9; Xenofonte, *Memorabilia*, 1, 4, 12.

impedissem de abrir a boca, sem delas conseguirem as respostas":

ἄφθογγα δ' αὑταῖς συγκατοικίζειν δάκη
θηρῶν, ἵν' εἶχον μήτε προσφωνεῖν τινα
μήτ' ἐξ ἐκείνων φθέγμα δέξασθαι πάλιν (646-8).

Aqui ele deseja que seres falantes possam ser silenciados, mas na hora de seu próprio julgamento e agonia diante de Teseu, ele inverte seu desejo e implora a um objeto inanimado, o palácio, que fale em sua defesa. "Fora possível, paço, ouvir tua voz testemunhando em prol de um inocente!":

ὦ δώματ', εἴθε φθέγμα γηρύσαισθέ μοι
καὶ μαρτυρήσαιτ' (1.074-5).

A fala é o que distingue o homem dos outros animais. Mas no *Hipólito* seu papel não é simplesmente assinalar a distinção entre certo e errado. Ela é apresentada não como o instrumento que possibilita a concepção de escolha moral e expressa alternativas morais, mas como uma força explosiva que, uma vez liberada, não pode ser contida e gera destruição universal. Ποῖ προβήσεται λόγος; (342): "Aonde levam tuas palavras?", pergunta a Nutriz, quando finalmente conseguiu abrir os lábios de Fedra. Ela chega ao ponto de arruinar a todos. Ela assume muitas formas: o delírio de Fedra, o argumento cínico da Nutriz, a invectiva de Hipólito, a carta de Fedra, a maldição de Teseu — e sob todas essas formas ele é o instrumento da vontade de Afrodite.

O *Hipólito* é uma terrível demonstração da falta de sentido da escolha moral e de seu veículo, o discurso. Mas não se trata de uma demonstração mecânica; a situação unificadora e significativa é a chave para a peça, mas isso não quer dizer que o caráter seja desimportante. Com efeito, a demonstração é poderosa precisamente porque as escolhas e as alternâncias de escolha feitas pelos seres humanos são em cada caso a expressão natural do caráter individual. Como tem sido observado com frequência, se o prólogo fosse removido, a ação ainda assim seria plausível. A força externa condutora age, não contra, mas através dos pensamentos característicos e impulsos dos personagens envolvidos. Mas o genial delineamento das personagens no *Hipólito* faz mais do que motivar a ação de forma plausível. Os personagens, como a situação, têm uma dimensão de significado maior do que o puramente dramático; eles são exemplos individuais que ilustram a proposição fundamental implícita na situação — a futilidade da escolha e ação humanas.

Os quatro personagens envolvidos são muito diferentes: diferentes em propósito, ação e sofrimento. Mas eles todos passam pelo mesmo processo. A ação, em cada caso, longe de realizar um propósito consciente, ocasiona o oposto deste propósito. O propósito individual é a expressão de uma visão da vida humana e um modo de vivê-la; em cada caso essa visão é exposta, pelo desastre individual, como inadequada. E a visão da vida humana implica, por sua vez, uma atitude com relação aos deuses; essas atitudes em cada caso se provaram incorretas. Os seres humanos do mundo do *Hipólito* vivem suas vidas na escuridão da ignorância total acerca da natureza do universo e das forças que o governam.

O propósito e o estilo de vida de Fedra podem ser resumidos em uma palavra, a palavra que está tantas vezes em seus lábios: εὐκλεής, "honorável".[20] Ela tem um código de honra próprio de uma princesa, um ideal aristocrático e não intelectual. Do início ao fim este é o motivo dominante em Fedra, a não ser pelo momento fatal em que ela entrega sua iniciativa à Nutriz. É para salvaguardar sua honra que ela to-

---

[20] Cf. vv. 423, 489, 688, 717; também 405 (δυσκλεᾶ). No verso 47 Fedra é chamada de εὐκλεής por Afrodite.

ma a decisão original de morrer em silêncio; para que sua honra seja reconhecida ela se abandona à extravagância do discurso ao coro; e para resgatar sua honorável reputação das consequências, ela arruína Hipólito e leva culpa e infortúnio a Teseu. Mas isso tudo não tem nenhum propósito. No final sua conspiração de silêncio é um fracasso e sua honra é perdida. Hipólito e o coro mantêm a promessa que juraram e permanecem silenciosos; a casa não pode falar; mas a deusa Ártemis friamente revela a verdade a Teseu, que fica sabendo não apenas que sua mulher nutria uma paixão condenável por Hipólito, mas também que ela o enganou para que ele matasse o próprio filho. A tentativa de Fedra de salvar sua honra revelou-se um custoso fracasso.

Não apenas seu propósito é frustrado e seu código de conduta mostra-se inadequado; sua preocupação com sua honra é ignorada pelas deusas como algo irrelevante. Tanto Afrodite quanto Ártemis tratam a honra de Fedra com completa indiferença. "Fedra é nobre, mas não viverá", ἡ δ' εὐκλεὴς μὲν ἀλλ' ὅμως ἀπόλλυται (47), diz Afrodite, e quando Ártemis revela a verdade a Teseu, ela deixa claro que está preocupada com a reputação não de Fedra, mas de Hipólito. "Vim", diz ela a Teseu, "para esclarecer a retidão da mente de teu filho — morto, afame-se!" ὡς ὑπ' εὐκλείας θάνηι (1.299) —, para salvar sua reputação. A paixão de Fedra, longe de ser sepultada em silêncio para que ela possa ser honrada após a morte, será o tema de canto no culto ritual de Hipólito. "O que Fedra sentiu por ti, não silencia anônimo":

[...] κοὐκ ἀνώνυμος πεσὼν
ἔρως ὁ Φαίδρας ἐς σὲ σιγηθήσεται (1.429-30).

O propósito de Fedra, salvar sua honra, é um propósito consistente com seu ideal de conduta e com sua vida conforme ela a viveu até então. É característico da Nutriz que seu propósito não tenha nada a ver com ideais; ele é específico e prático — ela deseja salvar não a honra de Fedra, mas sua vida, e para esse fim ela empregará quaisquer meios que prometam êxito. Seu amor por Fedra é o motivo para suas ações do início ao fim. Mas no final ela consegue apenas destruir a honra de Fedra e também sua vida; ela se vê completamente rejeitada e amaldiçoada pela pessoa a quem devotou toda a sua vida e cujo bem-estar era seu único objetivo.

A Nutriz não tem um código de conduta aristocrático. Sua palavra não é honorável, εὐκλεής, mas λόγος,[21] discurso, razão, argumento. Ela acredita e tenta levar a cabo a resolução dos problemas humanos pela razão humana, λόγος, expressa no discurso, λόγος, que influencia outros como argumento, λόγος. Esta não é de fato uma atitude aristocrática mas sim democrática, e a Nutriz possui outra qualidade característica da democracia ateniense, a flexibilidade.[22] Ela consegue se adaptar rapidamente a novas situações, assumir uma nova base de argumentação — uma capacidade exemplificada pelo fato de que ela muda sua premissa na peça não uma vez, como Fedra e Hipólito, mas três vezes. Ela é de fato tão flexível que sua atitude não é de forma alguma um código moral consistente, mas meramente uma série de abordagens práticas para problemas diferentes. É natural portanto que a Nutriz se expresse com termos que claramente a associam aos sofistas contemporâneos, que, como ela, tinham uma abordagem secular e ousada para problemas humanos, a habilidade retórica para apresentar sua solução de forma convincente, e um relativismo que, expresso como a doutrina de conveniência, permitia-lhes mudar sua premissa, como faz a Nutriz, de uma posição para outra.

---

[21] Cf. vv. 288 a 514 *passim*.

[22] Cf. Tucídides, *História da Guerra do Peloponeso*, 2, 41, 1, τὸν αὐτὸν ἄνδρα παρ᾽ ἡμῶν ἐπὶ πλεῖστ᾽ ἂν εἴδη καὶ μετὰ χαρίτων μάλιστ᾽ ἂν εὐτραπέλως τὸ σῶμα αὔταρκες παρέχεσθαι.

Para a Nutriz, quando ela fala pela primeira vez a Fedra, a escolha entre discurso e silêncio é sem sentido. Ela acredita apenas na escolha entre discurso e discurso. "Calas por quê? Calar não faz sentido! Critica-me, se estou errada; anui, se tiver cabimento o que profiro!" (297-9). Isto sugere sua confiança básica de que nenhum problema está além do poder da razão humana, mas quando ela ouve as primeiras insinuações do que está errado com Fedra (337-42), sua confiança começa a vacilar. Ποῖ προβήσεται λόγος;, "aonde levam tuas palavras?", ela pergunta. E quando compreende a verdade, ela tenta interromper o discurso de Fedra, οἴμοι τί λέξεις; (353), "O que disseste?". Ela abandona a esperança de salvar a vida de Fedra, e consequentemente não vê mais utilidade para a sua própria. Ela vai embora para morrer.

Ela retorna com sua confiança renovada. Está agora envergonhada de sua reação emocional, sua inadequação, νῦν δ' ἐννοοῦμαι φαῦλος οὖσα (435). O pensamento mais agudo é o que sucede o anterior. O que aconteceu a Fedra não é ἔξω λόγου (437), não é algo além dos poderes da razão e do discurso.

O discurso poderoso no qual ela embarca é facilmente reconhecível como retórica sofística contemporânea no que ele tem de mais brilhante e execrável; é um belo exemplo de "fazer o bem superar o mal". É o diabo citando as escrituras; ela cinicamente acusa Fedra de ὕβρις (474), insolência e orgulho diante dos deuses. Ela usa o argumento sofístico convencional para justificar a conduta imoral, as faltas dos deuses nos mitos. E revela, em sua descrição dos mecanismos do mundo — os maridos que encobrem as infidelidades de suas mulheres, os pais que são coniventes com os adultérios de seus filhos —, um cinismo que é o resultado notório do ensinamento sofístico, o cinismo de um Cleón, de um Trasímaco. Somente um cínico empedernido, de fato, conseguiria imaginar que Hipólito pudesse ser corrompido. E o argumento da Nutriz fia-se nisso. Discurso é tudo de que se necessita, λόγοι θελκτήριοι, palavras persuasivas e num duplo sentido — os feitiços do amor e também sua súplica pela causa do amor que seduzirá Hipólito à complacência.

Quando em seguida a vemos, ela está implorando por silêncio. Ποῖ προβήσεται λόγος; foi uma pergunta profética. O discurso liberou forças além de seu controle — ἔξω λόγου, e ela agora persuade Hipólito a permanecer em silêncio. Mas Fedra entreouve sua conversa e agora volta a assumir o controle da situação. Ela despeja sobre a Nutriz toda a fúria e o ódio que a terrível denúncia de Hipólito despertou nela. Ela usa a inconsistência verbal que a Nutriz tão engenhosamente lhe deixou; "Ao prever teu ardil, não ordenara calasses o que me denigre agora?", οὐκ εἶπον [...] σιγᾶν (685-6), e a amaldiçoa terrivelmente, exortando Zeus a fulminá-la com fogo e destruí-la completamente:

[...] Ζεύς σε γεννήτωρ ἐμὸς
πρόρριζον ἐκτρίψειεν οὐτάσας πυρί (683-4).

Mas a Nutriz ainda não está silenciada. "À mordida sucumbe a lucidez, mas gostaria de acrescentar", ἔχω δὲ κἀγὼ πρὸς τάδ', εἰ δέξηι, λέγειν (697), diz ela, e mantém seu ponto de vista prático, amoral — "Ao rol dos sábios o êxito me alçara, pois sucesso mede o espírito", εἰ δ' εὖ γ' ἔπραξα, κάρτ' ἂν ἐν σοφοῖσιν ἦ (700). E por mais irremediável que seja a situação, ela ainda tem uma saída. "Se não fui prudente, ainda podes te salvar", ἀλλ' ἔστι κἀκ τῶνδ' ὥστε σωθῆναι, τέκνον (705). Mas a Nutriz, sua saída, e todo o conceito de λόγος, razão e discurso, pelos quais ela luta, são rejeitados por Fedra em uma frase mordaz — παῦσαι λέγουσα, "Nem mais um pio!" (706). E não ouvimos nada mais da Nutriz.

A abordagem tangível e prática do problema provou-se não mais bem-sucedida que o código de honra simples de Fedra. O único propósito da Nutriz, salvar a vida de Fedra, quando traduzido em ação, assegurou sua morte. E a perspectiva da Nutriz implica uma visão dos deuses, uma visão cética, que é desenvolvida ironicamente numa peça que começou com a aparição da deusa Afrodite em pessoa. A Nutriz revela seu ceticismo básico em seu discurso de abertura (176-97), no qual ela dispensa qualquer especulação sobre a vida futura, por ser inútil. A vida como a conhecemos é dolorosa, diz ela (189-90), mas quanto a alguma outra coisa mais estimada que a vida, a escuridão a envolve e a esconde sob nuvens (192-3). Não há revelação daquilo que jaz sob a terra, κοὐκ ἀπόδειξιν τῶν ὑπὸ γαίας (196). Mais adiante, quando ela reconhece o poder de Afrodite, ela ainda manifesta sua crença com termos "cientificamente" agnósticos. "Logo, Cípris não é deusa, mas algo bem maior que o deus, se houver":

[...] Κύπρις οὐκ ἄρ' ἦν θεός,
ἀλλ' εἴ τι μεῖζον ἄλλο γίγνεται θεοῦ (359-60).

Este racionalismo dela é a mais instável de todas as perspectivas da ordem do universo expressas ou inferidas por seres humanos na peça, e por uma grande ironia essa representante do pensamento cético é escolhida para ser o elo mais importante na cadeia de acontecimentos que Afrodite forjou. A "razão" da Nutriz é a força condutora no processo que leva Fedra e Hipólito à morte.

O propósito de Hipólito e seu ideal são postos diante de nós no início na peça: viver uma vida de lealdade e devoção à deusa virginal Ártemis: "falo contigo, num convívio exclusivo", diz ele à estátua de Ártemis. "De feições invisíveis, me és audível. Que a vida finde igual a seu princípio":

σοὶ καὶ ξύνειμι καὶ λόγοις ἀμείβομαι,
κλύων μὲν αὐδῆς, ὄμμα δ' οὐχ ὁρῶν τὸ σόν.
τέλος δὲ κάμψαιμ' ὥσπερ ἠρξάμην βίου (85-7).

Ele espera cruzar a linha de chegada, percorrer toda a trajetória de uma vida de reverência e piedade, mas sua súplica está para ser ironicamente realizada neste mesmo dia. Ao final da peça, ele ouve a voz de Ártemis embora não possa ver sua face, e dialoga com ela enquanto morre, mas ele foi interrompido a toda velocidade, sua carruagem destroçada. E antes disso ele terá se sujeitado à agonia espiritual de ver seu pai condená-lo e amaldiçoá-lo como um adúltero hipócrita, um homem que seria ridículo associar a Ártemis.

Como Fedra, ele é uma figura aristocrática; de fato, a maioria dos lugares-comuns da atitude aristocrática são postos em sua boca no decorrer da peça.[23] Mas ele é também um intelectual e um místico religioso.[24] Seus princípios, diferentemente dos de Fedra, são formulados de forma clara e consistente; para ele a coisa mais importante na vida é εὐσέβεια, reverência às divindades.[25] "Primeiro: sei reverenciar os numes", ἐπίσταμαι γὰρ πρῶτα μὲν θεοὺς σέβειν (996), diz ele quando está se defendendo do ataque de seu pai. A não ser pelo momento de paixão, quando ameaça quebrar sua promessa e falar, ele é guiado em cada pensamento e ação por seu εὐσέβεια. E quando finalmente se decide pelo silêncio e seu juramento, ele enfatiza esse motivo: "Por minha piedade foste salva", εὖ δ' ἴσθι, τοὐμόν σ' εὐσεβὲς σώιζει, γύναι (656), diz à Nutriz. Ele poderia ter dito "Por minha piedade me destruí", pois no decorrer de toda a implacável investida de seu pai ele se mantém fiel a seus princípios, respeita seu juramento e guarda silêncio sobre o papel de Fedra no caso. Como ocorreu com Fedra e a Nutriz, é o conceito central de toda sua vida e caráter o que o destrói.

---

[23] Por exemplo, vv. 79-81, 986-9, 1.016-8.

[24] Mas não um "Órfico"; este fantasma é formulado por D. W. Lucas em "Hippolytus", *Classical Quarterly*, vol. 40, 1946, pp. 65-9.

[25] Cf. vv. 84, 656, 996, 1.309, 1.339, 1.368, 1.419, 1.454.

E, como elas, ele representa uma atitude em relação às divindades. É uma posição religiosa que é intelectual assim como mística. Sua reverência pelas divindades se manifesta principalmente na adoração de uma das deusas: Ártemis; ele rejeita completamente outra, Afrodite. A posição é lógica; no plano intelectual, o culto de Ártemis é claramente incompatível com o culto de Afrodite, e a aceitação de uma constitui de fato rejeição da outra. A massa da humanidade pode ignorar a contradição, como o faz o velho servo na cena de abertura e assim como a maioria dos cristãos consegue servir a Mamon e a Deus. Mas para o homem que dedicou sua vida a Deus, ou a uma deusa, não pode haver concessão. Hipólito deve escolher uma ou outra. "Deuses e humanos optem como queiram", ἄλλοισιν ἄλλος θεῶν τε κἀνθρώπων μέλει (104), diz ele ao servo.[26] E Hipólito escolheu Ártemis. Ela não o salva. Ele morre em agonia no primor da juventude, e antes de morrer tem de passar pela agonia mental de ouvir a si mesmo, a alma virginal, παρθένον ψυχὴν ἔχων (1.006) ser tratado por seu pai como um hipócrita libidinoso. E ele vê a si mesmo no final como um homem que viveu sua vida em vão, ἄλλως: "a vida se me foi integralmente. Inútil o empenho em desdobrar-me em ser piedoso", μόχθους δ' ἄλλως/ τῆς εὐσεβίας/ εἰς ἀνθρώπους ἐπόνησα (1.367-9). Ele chega até mesmo a desejar que os seres humanos pudessem amaldiçoar os deuses, e embora seja repreendido por Ártemis por esse sentimento, ele demonstra sua desilusão em seu adeus a ela. "O longo liame abandonas facilmente", μακρὰν δὲ λείπεις ῥαιδίως ὁμιλίαν (1.441).[27] Sua reverência é inadequada, não meramente como conduta de vida mas também como crença religiosa; ela não pode permanecer inalterada em face da realidade — o conhecimento de que sua associa-

---

[26] Esse é, pelo menos, um dos sentidos desta frase condensada.

[27] As palavras evocam o comentário de Afrodite sobre a relação entre eles: μείζω βροτείας προσπεσὼν ὁμιλίας (19).

ção privilegiada com Ártemis fez dele não um homem a ser invejado, mas uma vítima deplorável, e que tudo o que a deusa pode fazer por ele é prometer matar outro ser humano para vingá-lo.

Teseu é um antigo rei da Ática, mas, com o costumeiro anacronismo da tragédia ateniense, ele é apresentado como um estadista do século quinto. A expressão característica de seu pensamento e de suas emoções é aquela do indivíduo no centro das atenções, o indivíduo que está sempre consciente de seu público. Quando ele proclama a acusação contra seu filho e invoca a maldição de Posêidon, ele interpela a cidade para que ela escute, ἰὼ πόλις (884), tornando isso um ato oficial. Mesmo em seu luto por Fedra ele está consciente de sua estatura pública, ἔπαθον, ὦ τάλας (817), e em sua invectiva contra Hipólito ele se dirige ao público tantas vezes quanto a seu filho, σκέψασθε δ' ἐς τόνδ' (943), προφωνῶ πᾶσι (956). E ele sustenta sua ação por meio de um apelo à sua reputação; se ele for sobrepujado por Hipólito, os monstros que ele conquistou em sua juventude heroica não mais servirão como prova de que ele é severo com gente vil (976-80). Sua vida é devotada à manutenção de uma reputação; mesmo em sua dor individual ele jamais esquece que os olhos de Atenas estão sobre ele.

Ele é um estadista, mas não, como seu filho, um intelectual. Ele é o homem de ação; este ponto é enfatizado por seu ato impulsivo, seu apelo a seu passado heroico e seu desdém pela palavra (λόγος). Isso aparece claramente em seu ataque ao filho; ele descreve Hipólito como alguém que persegue o mal com "fala sacra", σεμνοῖς λόγοισιν (957). "Que juramento, que palavras", diz ele, "são mais fortes que ela, a ponto de absolver-te?", κρείσσονες, τίνες λόγοι/ τῆσδ' ἂν γένοιντ' ἄν; (960-1); "Por que me digladiar com tuas parolas?", τί ταῦτα σοῖς ἁμιλλῶμαι λόγοις; (971). Ele continua esta última declaração com ação, a proclamação do banimento; ele é um homem não de palavras, mas de ações. Quando evocou a maldição de Posêidon sobre seu filho, ele não esperou, como Ártemis o lembra mais tarde, por prova ou profecia ou interrogatório minucioso, mas seguiu seu impulso. Ele é como outro estadista ateniense, Temístocles, o qual, disse Tucídides, primava pela ação intuitiva numa emergência, κράτιστος [...] αὐτοσχεδιάζειν τὰ δέοντα, e o melhor homem para decidir assuntos urgentes com a mínima deliberação, τῶν [...] παραχρῆμα δι' ἐλαχίστης βουλῆς κράτιστος γνώμων (*História da Guerra do Peloponeso*, 1, 138); Teseu age com a pronta decisão de um Temístocles, um Édipo. Mas ele está errado. E seu erro destrói aquilo a que ele devotou sua vida. É um erro do qual ele nunca poderá se redimir, sua reputação pública está perdida, como Ártemis friamente lhe diz: "Por que motivo não ocultas sob o Tártaro teu corpo, constrangido? Por que não metamorfoseias a vida, e o pé, sobrepairando, furta à dor? Pois entre os homens que são bons careces do quinhão da vida" (1.290-5).

Teseu, também, tem uma atitude religiosa distinta. A sua é a religião do político, articulada, formal, uma aceitação superficial, verbal, mas de crença limitada. Ele primeiro aparece no palco vestindo a grinalda do θεωρός, o visitante cerimonial de um oráculo, e pode recitar veementemente os nomes dos deuses em proclamação pública ou súplica — "Hipólito ousou violentar meu leito! Agride o olhar de Zeus sublime!", τὸ σεμνὸν Ζηνὸς ὄμμ' ἀτιμάσας (886), mas ele só acredita em tudo isso pela metade. Ele suplica a Posêidon para que mate seu filho, e antes que o dia tenha terminado, mas quando o coro lhe implora que reconsidere sua súplica ele responde: "Jamais! E vou além", καὶ πρός γ' ἐξελῶ σφε τῆσδε γῆς (893). Aquela frase reveladora "vou além" é desenvolvida nos versos seguintes. "Daqui o expulso submisso a uma destas duas moiras", δυοῖν δὲ μοίραιν θατέραι πεπλήξεται (894). Ou Posêidon o aniquilará ou ele viverá uma vida miserável no exílio. A insinuação de ceticismo é ampliada quando o mensageiro chega para anunciar o desastre. Ele afirma que suas notícias são de séria gravidade (μερίμνης ἄξιον, [1.157]) para Teseu e todos os cidadãos de Atenas, mas o primeiro pensamento de Teseu é de notícias políticas: "O que ocorreu? Alguma nova agrura domina as cidadelas da região?" (1.160-1). Ao ser informado de que Hipólito aproxima-se da morte ele pergunta: "Matou-o alguém furioso cuja esposa, como a do próprio pai, ele estuprou?" (1.164-5). E apenas quando o mensageiro o lembra de sua maldição ele discerne a verdade. "Posêidon, eras efetivamente meu pai, pois atendeste ao que roguei" (1.169-70). É uma revelação que prova a fragilidade de seu ceticismo, e ele a aceita com regozijo. Mas ele vai se arrepender pelo resto da vida e desejar que sua súplica não tivesse sido proferida. "Jamais tivessem me surgido à boca!", ὡς μήποτ' ἐλθεῖν ὤφελ' ἐς τοὐμὸν στόμα (1.412).

Teseu completou o mesmo ciclo dos outros personagens da peça. Todos os quatro personagens vivem (e dois deles morrem) num mundo em que o propósito se frustra, a escolha não tem sentido, códigos morais e atitudes políticas são ineficazes, e concepções humanas da natureza e dos deuses são errôneas. Mas dois deles descobrem, no final da peça, a verdade que nós conhecíamos desde o início, a natureza do mundo no qual vivem. Eles o descobrem pelos lábios de Ártemis, tal como nós já o tínhamos ouvido dos lábios de Afrodite. Ártemis chega, como Afrodite, para revelar (ἐκδεῖξαι [1.298], δείξω [9]); ela confirma, desenvolve e explica o processo de regência divina, do qual o prólogo foi nosso primeiro vislumbre.

Essas duas deusas são forças entrelaçadas numa guerra eterna, uma guerra na qual a tragédia humana que acabamos de testemunhar é meramente um combate. Nessa operação particular, Afrodite era o agente ativo e Ártemis, o passivo; Ártemis agora nos informa que esses papéis serão invertidos — para isso haverá uma reversão na qual Ártemis assumirá o papel ativo e Afrodite, o passivo. Os termos com os quais ela explica sua passividade para com Teseu nesse caso tornam claro que essa é uma guerra permanente, uma eterna luta na qual as únicas casualidades são vidas humanas.

"É lei divina", diz ela, θεοῖσι δ' ὧδ' ἔχει νόμος (1.328). "Ao que decide um deus, nenhum dos outros deve se opor. Por isso nos abstemos":

οὐδεὶς ἀπαντᾶν βούλεται προθυμίαι
τῆι τοῦ θέλοντος, ἀλλ' ἀφιστάμεσθ' ἀεί (1.329-30).

A autoridade para esta lei e costume, como Ártemis deixa claro, é o próprio Zeus; mas por seu temor a Zeus, diz, ela não teria permitido a Hipólito morrer. O que acontece, então, não é nenhuma anomalia, mas o funcionamento do sistema de governo divino sobre o universo, um padrão eterno de ofensiva e retirada alternadas. E pelo que Ártemis diz, podemos ver que quando ela tiver o papel ativo, em vez de passivo, será tão cruel quanto foi Afrodite nesse caso.

As palavras que descrevem a condução dos assuntos humanos por parte de Afrodite são portanto igualmente aplicáveis a Ártemis; elas constituem uma descrição da função da regência divina como um todo. E há duas palavras, repetidas no decorrer de toda a peça em momentos cruciais e em contextos significativos, que caracterizam a natureza do governo do universo. Uma dessas palavras, σφάλλειν, descreve a ação característica dos deuses, e a outra, ἄλλως, descreve a condição humana que resulta desta ação.

Σφάλλειν, virar, derrubar, abater.[28] Esta é a palavra da própria Afrodite para sua ação na peça. "Aniquilo quem no pensamento me desdenhe", σφάλλω δ' ὅσοι φρονοῦσιν εἰς ἡμᾶς μέγα (6). O cumprimento literal dessa ameaça metafórica ocorre quando o touro do mar "derruba" os cavalos da

---

[28] No original: "to trip, throw, cast down". (N. da T.)

carruagem de Hipólito, ἔσφηλε κἀνεχαίτισεν (1.232). Mas essa ação não se limita a Hipólito. A palavra reaparece em conexão com todos os personagens principais da peça. "Mas não demoras a exigir o quarto", ταχὺ γὰρ σφάλληι (183), diz a Nutriz a Fedra em sua fala de abertura. Ela está se referindo às mudanças de opinião repentinas de Fedra, o capricho da mulher enferma que hesita entre ficar dentro ou fora de casa, mas as palavras têm um significado terrível à luz do que acontece mais adiante, quando Fedra muda de opinião acerca de algo mais importante. Falando de seu próprio amor por Fedra e desejando, para sua própria paz de espírito, que não a amasse tanto, a Nutriz lamenta o fato de que "Quem enrijece a própria vida", βιότου δ' ἀτρεκεῖς ἐπιτηδεύσεις (261), "mais do que ter prazer, afirmam, periclita", φασὶ σφάλλειν πλέον ἢ τέρπειν (262). Isso é verdadeiro o bastante; sua única atitude consistente, o seu amor por Fedra, leva-a à ruína, e as palavras descrevem ainda mais exatamente a atitude e prática de Hipólito, que é tão consistente quanto a Nutriz é flexível, tão obstinado quanto a Nutriz é versátil.

Fedra, depois de ouvir Hipólito denunciá-la e a seu sexo como um todo, vê a si mesma como "derrubada", σφαλεῖσαι (671). À medida que Teseu lê a carta fatal, o coro roga a um deus inominado, ὦ δαῖμον, que não derrube o solar, μὴ σφήληις δόμους (871). E quando Teseu explica a Hipólito como ele poderia amaldiçoá-lo e condená-lo, ele usa a mesma palavra: "Os numes sequestraram-me a razão",[29] δόξης γὰρ ἦμεν πρὸς θεῶν ἐσφαλμένοι (1.414). É essa declaração dele que leva Hipólito a desejar que a raça humana possa amaldiçoar os deuses.

A deusa atrapalha, confunde, desencaminha, frustra — todos estes são significados de σφάλλειν, e a palavra que descreve a operação da vontade humana nessas circunstâncias é

---

[29] No original: "I was tripped and thrown in my opinion by the gods". (N. da T.)

ἄλλως — de outra forma, diferentemente, erroneamente, em vão. Esse advérbio é usado para descrever a operação da vontade humana por toda a tragédia; as ações das personagens produzem resultados opostos a seus propósitos, as coisas acontecem "de outra maneira". "Não surte efeito, amigas, nosso apuro", ἄλλως τούσδε μοχθοῦμεν πόνους (301), diz a Nutriz sobre seus esforços para fazer Fedra falar; a palavra tem um duplo sentido aqui, pois a Nutriz tem êxito em sua tentativa final, mas os resultados não são aquilo que ela intencionou. "Ocupou-me o pensamento", diz Fedra ao coro, "longo tempo noite adentro a destruição da vida humana":

ἤδη ποτ' ἄλλως νυκτὸς ἐν μακρῶι χρόνωι
θνητῶν ἐφρόντισ' ἧι διέφθαρται βίος (375-6).

Esse entendimento ela nunca alcança, mas ele é dado em toda a sua completude a Teseu e Hipólito ao final da peça. "Sem préstimo, sem préstimo",[30] entoa o coro, "a Hélade acumula a sagração taurina nas fímbrias do Alfeu, nos templos píticos de Foibos...":

ἄλλως ἄλλως παρά τ' Ἀλφεῶι
Φοίβου τ' ἐπὶ Πυθίοις τεράμνοις
βούταν φόνον Ἑλλὰς <αἶ'> ἀέξει (535-7).

"Inútil o empenho", diz Hipólito em sua agonia, "em desdobrar-me em ser piedoso com os demais":

μόχθους δ' ἄλλως
τῆς εὐσεβίας
εἰς ἀνθρώπους ἐπόνησα (1.367-9).[31]

---

[30] ἄλλως ἄλλως correspondendo a Ἔρως Ἔρως na estrofe.

[31] O contexto verbal desta última aparição de ἄλλως é quase idên-

E a Nutriz, falando especificamente da ignorância da humanidade com relação a tudo aquilo que está além de sua vida, caracteriza toda a situação humana com a mesma palavra: μύθοις δ' ἄλλως φερόμεσθα (197), "o que nos move é o mito inócuo". No contexto, isto é obviamente uma crítica racionalista das crenças populares, mas o padrão verbal de todo o poema lhe confere um significado mais profundo. Nós somos desencaminhados, levados a um destino que não intencionávamos, por mitos, mitos nos quais a Nutriz não acredita, mas que a aparição e as ações das duas deusas na peça provam não ser mitos no sentido da Nutriz, mas a própria matéria da realidade. O significado subjacente das palavras da Nutriz é revelado pela maneira enfática com que as duas deusas são construídas para enfatizar sua conexão com o mito: mito, μῦθος, é a palavra que usam sobre seus próprios discursos: "demonstrarei que falo o que é verdade [mito]", δείξω δὲ μύθων τῶνδ' ἀλήθειαν τάχα (9), diz Afrodite; Ártemis, depois de contar a Teseu a verdade, pergunta-lhe cruelmente: "Sentes morder o que narrei [história, mito]?", δάκνει σε, Θησεῦ, μῦθος; (1.313). Os seres humanos são de fato desencaminhados por mitos, as deusas que tropeçam em seus calcanhares e impedem seus propósitos. A humanidade é constituída meramente pelos "inferiores" a "se meterem entre o passo e a estocada das pontas furiosas de potentes inimigos".[32]

Sobre a natureza e o significado de Afrodite e Ártemis nessa peça muito se tem escrito, e há pouco a ser acrescentado. Elas têm muitos aspectos; elas são deusas antropomórficas, mitos, personalidades dramáticas com motivos e propósitos hostis, e são também forças da natureza impessoais,

---

tico àquele da primeira, o ἄλλως τούσδε μοχθοῦμεν πόνους da Nutriz (301).

[32] William Shakespeare, *Hamlet*, ato 5, cena 2, tradução de Millôr Fernandes. (N. da T.)

incompatíveis. Elas são de fato "potentes inimigos", e essa oposição pode ser expressa em muitos termos — positivo e negativo, condescendente e intransigente, aumento e diminuição, indulgência e abstinência — mas o que Eurípides tomou todo o cuidado em enfatizar não foi sua oposição, mas sua similitude. A peça é repleta de sugestões enfáticas de que há uma estreita correspondência entre elas.

Quando Hipólito descreve o prado sagrado para Ártemis a partir do qual ele fez a grinalda que oferece a sua estátua, ele menciona a abelha, μέλισσα (77), que revoa entre a grama alta da primavera. É um detalhe apropriado, pois o nome μέλισσα, abelha, foi dado a sacerdotisas de Ártemis,[33] e a abelha em muitos contextos é associada à virgindade.[34] Mas cerca de quinhentos versos adiante o coro compara Afrodite a uma abelha, "Feito abelha que esvoa, em tudo, embasbascante, ela ressopra", μέλισσα δ' οἵα τις πεπόταται (562-3). Essa transferência de símbolo da deusa apropriada para a inapropriada é estranha, e é reforçada por outra correspondência notável. O coro, nos primeiros momentos da peça, descreve Ártemis com um de seus muitos títulos, Dictina. "Incansável no périplo laguna adentro, em terra firme, pélago acima, no vórtice do mar salino":

φοιτᾶι γὰρ καὶ διὰ Λίμνας
χέρσον θ' ὕπερ πελάγους
δίναις ἐν νοτίαις ἅλμας (148-50).

E mais adiante a Nutriz, descrevendo o poder de Afrodite para Fedra, usa linguagem semelhante; "Transita céu acima e vive em ôndulas, a Cípris; tudo nela principia":

---

[33] Cf. *scholia* de Píndaro, *Píticas*, 4, 106; Aristófanes, *As Rãs*, 1.274.

[34] Cf. Virgílio, *Geórgicas*, 4, 197 ss.: "quod neque concubitu indulgente nec corpora segnes in Venerem solvunt".

φοιτᾶι δ' ἀν' αἰθέρ', ἔστι δ' ἐν θαλασσίωι
κλύδωνι (447-8).

A função desses ecos[35] surpreendentes é nos preparar para uma característica extraordinária dos discursos finais de Ártemis: ela repete palavra por palavra e frase por frase o prólogo de Afrodite. Estes dois opostos polares se expressam nos mesmos termos: "A faina é pouca, após ter-me empenhado", πάλαι προκόψασ' (23), diz Afrodite, e Ártemis usa a mesma metáfora inabitual — "Nada mais posso que agravar-te a angústia", καίτοι προκόψω γ' οὐδέν, ἀλγυνῶ δέ σε (1.297), diz ela a Teseu. "Demonstrarei", δείξω (9), diz Afrodite; e Ártemis diz que ela vem "para esclarecer", ἐκδεῖξαι (1.298). "Magna entre humanos e jamais anônima", κοὐκ ἀνώνυμος (1), diz Afrodite, e Ártemis retoma a expressão; "o que Fedra sentiu por ti, não silencia anônimo" (κοὐκ ἀνώνυμος). Ambas proclamam, em palavras semelhantes e com sentidos opostos, recompensar o devoto e punir o transgressor (5-6 e 1.339-41), e cada uma delas, com a mesma palavra característica, τιμωρήσομαι (21 e 1.422) [punir], anuncia sua decisão de matar o ser humano protegido da outra.[36]

Elas são opostas, mas, consideradas como divindades que conduzem os assuntos humanos, são exatamente idênticas. As repetições enfatizam o fato de que a atividade de Afrodite e a passividade de Ártemis são papéis que serão facilmente invertidos. E a repetição mecânica das expressões de Afrodite por Ártemis despersonaliza ambas; tornamo-nos conscientes delas como forças impessoais que agem num padrão repetitivo, uma eterna dança sequenciada de ação e reação, igual e oposto. Da lei que governa seu avanço e recuo

---

[35] Eles são assinalados por Grube, *The Drama of Euripides*, cit. Ele comenta sobre a "similaridade ominosa" de 148 e 448 e o "eco interessante" (μέλισσα).

[36] Cf. também μῦθος (609 e 1.313) e βουλεύμασι (28 e 1.406).

não pode haver desvio; Ártemis não pode romper o padrão de movimento para salvar Hipólito, nem pode perdoar Afrodite. O perdão é a rigor inimaginável em tal contexto; ele é possível apenas aos seres humanos. Essas deusas são, tanto no sentido literal quanto metafórico da palavra, inumanas.

Ártemis de fato diz a Hipólito que ele não deve odiar seu pai, πατέρα μὴ στυγεῖν (1.435). Mas isso apenas enfatiza o abismo entre deuses e homens. Ela, em sua posição, não perdoa Afrodite; ao contrário, anuncia a repetição dos terríveis acontecimentos que acabamos de testemunhar: uma nova vítima humana irá morrer para pagar pela perda de sua favorita. "A cólera de Cípris que abateu o corpo, em decorrência de tua índole e comiseração, terá revide, pois minha própria mão há de arrojar dardos certeiros contra o ser humano por quem demonstre mais apreço":

ἐγὼ γὰρ αὐτῆς ἄλλον ἐξ ἐμῆς χερὸς
ὃς ἂν μάλιστα φίλτατος κυρῆι βροτῶν
τόξοις ἀφύκτοις τοῖσδε τιμωρήσομαι (1.420-2).

Isso, junto com a promessa de que a memória dele será o mito de um culto virginal, é a consolação que ela oferece a Hipólito pelo fato de ela não ter se envolvido e ter permitido que ele fosse destruído. Ela não pode derramar lágrimas por ele — esta é a lei que governa a natureza dos deuses (κατ' ὄσσων δ' οὐ θέμις βαλεῖν δάκρυ [1.396]) — nem pode ficar a seu lado enquanto ele morre. "Vetado a mim é ver cadáveres e o bafo morticida enfarruscar-me a vista":

[...] ἐμοὶ γὰρ οὐ θέμις φθιτοὺς ὁρᾶν
οὐδ' ὄμμα χραίνειν θανασίμοισιν ἐκπνοαῖς (1.437-8).

E ela se retira, deixando pai e filho a sós.

Tem-se observado com frequência que essa peça perturbadora chega ao fim num tom de serenidade. O comentário de Méridier é típico: "le dénouement s'achève grâce à la présence d'Artemis, dans un rayonnement de transfiguration. Et cette scène finale, où la tristesse déchirante s'épure peu à peu et s'apaise dans une sérénité céleste...".[37] O final é sereno, mas a serenidade não tem nada a ver com Ártemis, que no decorrer de sua cena com Hipólito dissocia-se dele fria e insistentemente,[38] tanto que ele lhe diz adeus com uma reprimenda. A serenidade advém não da deusa mas dos dois homens alquebrados, que são deixados no palco depois que ela se retira.

Hipólito perdoa seu pai. Errar é humano, como diz Ártemis a Teseu:

[...] ἀνθρώποισι δὲ
θεῶν διδόντων εἰκὸς ἐξαμαρτάνειν (1.434);

mas perdoar não é divino. É uma ação possível apenas para o homem, um ato pelo qual o homem pode distinguir-se e elevar-se acima das leis inexoráveis do universo no qual ele se encontra. E apesar de Hipólito reconhecer que está seguindo o conselho de Ártemis,[39] ele mostra também que está completamente consciente do fato de que, ao perdoar, está fazendo o que ela não pode fazer. Ao perdoar seu pai, ele convoca Ártemis como testemunha de sua sinceridade: "Ártemis sagitária o testemunhe", τὴν τοξόδαμνον Ἄρτεμιν μαρτύρο-

---

[37] Méridier, *Euripide*, cit., p. 24. Para uma perspectiva semelhante, desenvolvida de forma mais completa e sóbria, ver S. M. Adams, "Two Plays of Euripides", *Classical Review*, vol. 49, 1935, pp. 118-9. ["O epílogo é concluído graças à presença de Ártemis, em um brilho de transfiguração. E essa cena final, em que a tristeza cortante é aos poucos purgada e tranquiliza-se numa serenidade celeste..." (N. da T.)]

[38] Cf. vv. 1.396, 1.404 (onde ξυνάορον dissipa a ambiguidade do τρεῖς ὄντας ἡμᾶς de Hipólito [1.403]), 1.436, 1.437-9.

[39] Cf. vv. 1.442-3.

μαι (1.451). O epíteto não é ornamental; ele relembra de forma vívida a declaração de Ártemis sobre sua intenção de revidar, vinte e cinco versos acima — "terá revide, pois minha própria mão há de arrojar dardos certeiros (τόξοις ἀφύκτοις) contra o ser humano". Hipólito convoca como testemunha de seu ato de perdão a deusa que não pode, ela mesma, perdoar.

É significativo que Ártemis deixe o palco antes do fim da peça; sua saída fecha o ciclo que se iniciou com a entrada de Afrodite. Nos limites de sua circunferência, os seres humanos da peça realizaram por meio de todas as múltiplas complicações de escolha um propósito externo que ignoravam. Mas o propósito de Afrodite está agora concretizado; essas criaturas não têm mais utilidade para ela, e Ártemis se foi. A peça termina com um ato humano que é, finalmente, uma escolha livre e significativa, uma escolha feita pela primeira vez com pleno conhecimento da natureza da vida humana e do governo divino, um ato que não frustra seu propósito. É um ato de perdão, algo possível apenas para os seres humanos; não para os deuses mas para suas trágicas vítimas. É a mais nobre declaração de independência do homem, e possibilitada pela trágica posição do homem no mundo. O perdão que Hipólito concede a seu pai é uma afirmação de valores puramente humanos em um universo inumano.

Sobre o tradutor

Trajano Vieira é doutor em Literatura Grega pela Universidade de São Paulo (1993), bolsista da Fundação Guggenheim (2001), com estágio pós-doutoral na Universidade de Chicago (2006) e na École des Hautes Études en Sciences Sociales de Paris (2009-2010), e desde 1989 professor de Língua e Literatura Grega no Instituto de Estudos da Linguagem da Universidade Estadual de Campinas (IEL/Unicamp), onde obteve o título de livre-docente em 2008. Tem orientado trabalhos em diversas áreas dos estudos clássicos, voltados sobretudo para a tradução de textos fundamentais da cultura helênica.

Além de ter colaborado, como organizador, na tradução realizada por Haroldo de Campos da *Ilíada* de Homero (2002), tem se dedicado a verter poeticamente tragédias do repertório grego, como *Prometeu Prisioneiro* de Ésquilo e *Ájax* de Sófocles (reunidas, com a *Antígone* de Sófocles traduzida por Guilherme de Almeida, no volume *Três tragédias gregas*, 1997); *As Bacantes* (2003), *Medeia* (2010), *Héracles* (2014), *Hipólito* (2015), *Helena* (2019) e *As Troianas* (2021), de Eurípides; *Édipo Rei* (2001), *Édipo em Colono* (2005), *Filoctetes* (2009), *Antígone* (2009) e *As Traquínias* (2014), de Sófocles; *Agamêmnon* (2007), *Os Persas* (2013) e *Sete contra Tebas* (2018), de Ésquilo, além da *Electra* de Sófocles e a de Eurípides reunidas em um único volume (2009). É também o tradutor de *Xenofanias: releitura de Xenófanes* (2006), *Konstantinos Kaváfis: 60 poemas* (2007), das comédias *Lisístrata*, *Tesmoforiantes* (2011) e *As Rãs* (2014) de Aristófanes, da *Ilíada* (2020) e *Odisseia* (2011) de Homero, da coletânea *Lírica grega, hoje* (2017) e do poema *Alexandra*, de Lícofron (2017). Suas versões do *Agamêmnon* e da *Odisseia* receberam o Prêmio Jabuti de Tradução.

Este livro foi composto em Sabon e Cardo pela Bracher & Malta, com CTP da New Print e impressão da Graphium em papel Pólen Natural 80 g/m² da Cia. Suzano de Papel e Celulose para a Editora 34, em julho de 2024.